ESSAI

THÉORIQUE ET PRATIQUE

SUR LES BATAILLES.

E S S A I

THÉORIQUE ET PRATIQUE

SUR LES BATAILLES.

Par M. le Chevalier DE GRIMOARD.

À PARIS,

Chez la Veuve DESAINT, Libraire, rue du Foin Saint-Jacques.

M. DCC. LXXV.

Avec Approbation & Privilége du Roi.

PRÉFACE.

DE TOUTES les opérations de la guerre, les Batailles font celles qui peuvent avoir les fuites les plus heureufes ou les plus funeftes. La recherche des principes propres à en affûrer le fuccès eft donc de la dernière importance. Il n'y a cependant pour l'ordinaire dans les ouvrages fur la fience militaire qu'un petit nombre de pages confacrées à traiter des Batailles; de forte que tout officier qui defire s'inftruire à fond fur cette matière, manque de moyens quant aux livres. J'ai penfé qu'un ouvrage où on trouverait les principes des Batailles développés avec l'étendue nécef-faire, ferait utile; c'eft ce qui m'a engagé à compofer celui ci.

J'avais commencé par vouloir raſſembler les maximes (ſur les Batailles) répandues dans les meilleurs auteurs; mais n'y ayant guère trouvé que des préceptes très généraux & même en petit nombre, il m'a fallu changer de méthode. J'ai imaginé que la meilleure de toute était de méditer attentivement pluſieurs Batailles livrées par les plus habiles généraux & de réduire en principes les motifs de leur conduite (*a*). Ce travail a été la bâſe de la théorie donnée dans cet Eſſai.

Comme on doit toujours ſoumettre la pratique des opérations militaires aux régles de la théorie & que le ſuccès des armes dépend d'un rapport exact entre ces deux parties (*b*),

---

(*a*) La ſeule méthode pour étudier la guerre avec fruit, eſt de méditer ſoigneuſement les opérations des plus habiles généraux & de tâcher en même temps de découvrir leurs fautes & celles qui ont occaſionné leurs ſuccès.

(*b*) Cette maxime eſt de la dernière importance & on ne la néglige pas impunément.

on a fait en forte d'établir les principes des Batailles fur des exemples frappants. Les anciens
& les modernes ont été mis à contribution.
On a cru devoir puifer chez les anciens, parce
qu'on y trouve des reffources infinies, & quoique l'invention des armes à feu ait fait changer
la conftitution & les manœuvres particulières
des troupes, les principes généraux de la Tactique font toujours les mêmes (c). Aux difpofitions qui ont été faites pour les Batailles,
j'en ai joint d'hypothétiques; elles répandent
beaucoup de clarté fur les préceptes qu'on
donne en ce qu'elles s'y rapportent parfaitement. Quoique le hazard ne faffe peut être
jamais rencontrer les diverfes circonftances
fupofées, il eft des cas où elles fe trouvent
à peu près femblables (d); d'ailleurs, il eft

(c) Nos manœuvres & nos ordres de bataille diffèrent il eft vrai,
en plufieurs points de ceux des anciens; mais ils font néanmoins
formés fur les mêmes principes généraux.

(d) Les difpofitions peuvent varier à l'infini & les circonftances
font fi différentes que quand même on raffemblerait en un corps

toujours avantageux de faire voir les mêmes choſes ſous des aſpeéts différents. Les diſpoſitions idéales donnent aux militaires cet eſprit de combinaiſon ſi utile à la guerre, avec la facilité d'appliquer promptement les principes aux circonſtances. Cette aptitude ne peut s'acquérir que par un travail long & aſſidu. Il n'eſt cependant pas rare d'entendre même d'anciens officiers (imbus de faux préjugés & remplis d'averſion pour les livres), aſſûrer que la ſeule pratique de la guerre ſuffit pour apprendre cette ſience ; ce qui eſt une erreur groſſière & dangereuſe qu'il importe de démaſquer. Un grand Prince admiré de toute l'Europe dit, *que l'expérience qu'il a acquiſe dans la guerre (e), lui a appris qu'on ne*

---

toutes les batailles qui ont été données & les combinaiſons des diſpoſitions qu'on a pu faire, le nombre des cas qu'on n'a point prévus, l'emporterait à l'infini ſur le nombre de ceux qui l'ont été.

(e) Article XXVIII de l'Inſtruction militaire du roi de Pruſſe pour ſes généraux.

peut

peut approfondir cet art qu'en l'étudiant avec ap-
plication.

Cet Effai eft divifé en trois parties.

La première renferme les principes généraux des Batailles & fert d'introduction aux
deux autres.

La feconde partie qui doit être confidérée
comme le corps de l'ouvrage, traite des difpofitions. Je les ai réduites à deux génériques
ou principales: favoir l'*Ordre direct* ou *parallèle*
& l'*Oblique*. On trouve enfuite les principes
de leur formation & ceux d'après lefquels on
peut les varier felon les circonftances. Pour
faciliter l'intelligence de cette feconde partie,
on y a joint un grand nombre de plans. Dans
les ouvrages de la nature de celui ci il eft également néceffaire de parler à l'efprit & aux yeux.

La troifiéme partie traite de l'action (ƒ).

─────────────────────

(ƒ) Je me fuis difpenfé d'entrer dans un plus grand détail fur
les divifions & fubdivifions de cet ouvrage, parce que le tableau

b

Je defire que cet Ouvrage foit utile aux Militaires. J'y expofe par tout avec liberté mon fentiment; mais j'entends fi peu qu'il faffe autorité que j'y joins toujours mes raifons afin qu'on me juge. Quand même mes idées feraient mauvaifes, elles peuvent en faire naître de bonnes & alors je n'aurai pas perdu mon temps. Ma qualité d'homme me défendant de prétendre à l'infaillibilité; je verrai fans peine porter une fentence même mortelle contre cet Effai, fi elle eft prononcée avec le même efprit qui m'a engagé à l'écrire. Mon unique but eft de contribuer en quelque chofe aux progrès d'une fience que je cultive par état & par goût.

---

fuivant, (qui fert en même temps de table des matières), les fait voir d'un coup d'œil.

TABLEAU

DES DIVISIONS ET SUBDIVISIONS

DE CET OUVRAGE.

PREMIÈRE PARTIE.

SECONDE PARTIE.

b 2

TROISIÈME PARTIE.

De l'Action.

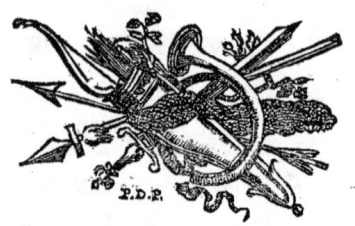

AVIS

ESSAI

E S S A I
THÉORIQUE ET PRATIQUE
SUR LES BATAILLES.

PREMIÈRE PARTIE.
Principes généraux des Batailles.

CHAPITRE PREMIER.
Des Batailles en général.

ON APPELLE *Bataille* l'action dans laquelle une armée charge en totalité ou en partie celle qui lui est opposée (*a*).

(*a*) Un *combat* est une action entre des corps particuliers de deux armées.

A

Les batailles font les actions les plus éclatantes de la guerre : *elles donnent & ôtent les couronnes,* dit Montécuculli (*b*), *décident entre les souverains sans appel, finissent la guerre, & immortalisent le vainqueur.* On va attaquer l'ennemi, on l'attend, ou bien on le rencontre en marche, & on le combat. Lorsqu'une des deux armées est postée, elle reçoit forcément la bataille; ce qu'on regarde avec raison comme un grand désavantage; car quelques fermes & aguéries que soient des troupes, elles sont presque toujours intimidées à l'aspect de celles qui viennent les attaquer; c'est tout le contraire si on les mène à la charge : elles n'ont pas le temps de réfléchir au danger. On ne doit donc jamais attendre l'ennemi dans un poste, à moins qu'il ne soit très avantageux & important à conserver. On évite encore soigneusement de se laisser réduire à combattre lorsqu'il plaît à l'ennemi, & on fait son possible pour l'obliger à recevoir la bataille dans une position défavorable. Il est des occasions où un général n'a pas le choix de chercher ou d'éviter un engagement.

(*b*) *Voyez* ses Mémoires, *liv. 1, chap. 6, art. 2.*

Il faut épuifer tous les autres moyens de vaincre avant d'en venir à une action. Les habiles généraux cherchent moins à livrer des combats où les deux partis rifquent également, qu'à ruiner l'ennemi par d'autres voies (c). Cependant quelque meurtrière que foit une bataille, elle l'eft beaucoup moins qu'une longue guerre qui épuife peu à peu les tréfors & la population d'un état.

Les batailles préméditées font celles qui peuvent devenir les plus avantageufes; il y en a qui peuvent auffi l'être beaucoup quoiqu'imprévues (d); c'eft lorfqu'une manœuvre inconfidérée ou une marche faite avec négligence expofe évidemment l'ennemi à être défait.

Les actions qui s'engagent pour un pofte que les deux armées veulent occuper, qui commencent

---

(c) C'était la maxime de Turenne; il s'exprime ainfi en parlant de Torftenfon, général Suédois : *Il avait ruiné l'armée de l'Empereur dans divers combats, par une fuite de conduite fondée fur une grande expérience, & accompagné d'un grand jugement; ce qui eft fupérieur au gain d'une bataille.* Voyez le premier livre des Mémoires de Turenne, année 1644.

(d) Les attaques d'arrière garde font de ce nombre : il eft fouvent poffible de les battre avant que leur armée puiffe les fecourir.

par une escarmouche, & deviennent générales par les secours que l'on envoie aux combattants, sont les plus dangereuses, parce qu'il n'est guère possible alors de former un plan d'attaque ou de défense exactement relatif aux circonstances (e).

Dans ces sortes d'occasions comme dans toutes les autres, un général fécond en expédients, ne désespère jamais du succès d'une bataille pour quelques avantages remportés d'abord par l'ennemi; mais c'est alors qu'il importe d'opposer au mal un remède efficace & prompt (f).

L'évènement des batailles est décisif ou peu important (g); leurs suites dépendent des circonstances & du temps où on les livre. Celles qui se

---

(e) La retraite est d'autant plus difficile après la perte d'une pareille bataille, qu'on n'a pû y pourvoir précédemment.

(f) Il est d'autant plus nécessaire de prendre en un instant le meilleur parti possible, que tout est l'affaire du moment dans une bataille, qu'on n'y a presque jamais le temps d'une longue réflexion, & que si l'on délibère lentement, l'occasion se passe, & il n'est plus temps d'exécuter quand on a résolu.

(g) Tout l'avantage d'un combat consiste quelquefois à avoir essayé ses forces contre l'ennemi. Il arrive encore que la perte d'une bataille n'est souvent qu'un mal d'opinion; car 5 ou 6000 hommes de plus ou de moins dans une armée nombreuse, y font peu de différence.

donnent au commencement d'une campagne, font les plus dangereuses, parce qu'elles influent presque toujours fur les opérations du refte de l'année, & fouvent de toute la guerre. Celles qui fe livrent dans l'arrière faifon, font pour l'ordinaire de moindre conféquence, vû l'impoffibilité où eft l'ennemi de profiter longtemps de la fupériorité qu'il a acquis par fa victoire.

Une bataille gagnée eft un bien peu folide, fi elle ne contrarie le projet de campagne du général que l'on a en tête; les principaux avantages qu'elle peut procurer font :

1. La diminution des forces de l'ennemi.

2. Le découragement de fes troupes.

3. Ses pertes en chevaux, en artillerie & en munitions de toute efpèce.

4. De répandre la terreur dans fes états.

5. De produire la défection de fes alliés.

6. D'infpirer de la confiance aux troupes.

7. D'être le maître de la campagne, & d'avoir la facilité d'affiéger une place (h) dont la prife entraîne

(h) La facilité d'entreprendre des fiéges fans être inquiété, eft affés ordinairement le but qu'on fe propofe en donnant bataille. Si la

la perte d'une province ou d'une grande étendue de pays.

8. De lever des contributions dans le pays de l'ennemi, & d'y faire fubfifter l'armée.

9. De faire de grands progrès avant qu'il ait pû mettre fur pied de nouveaux foldats, former des magafins (*i*), effacer de l'efprit de fes troupes le fouvenir des défaites précédentes, & y faire fuccéder le courage & la confiance (*k*).

Un général peut retirer les plus grands avantages de fa victoire, quand il a derrière lui un pays riche & abondant, & qui lui affûre une communication

---

victoire vous a ouvert l'entrée du pays ennemi, il faut s'emparer de quelques fortereffes pour en faire des points d'appuis, & y établir des magafins. En négligeant cette précaution, on s'expoferait à en être chaffé facilement, & à perdre tout le fruit des fuccès précédents. Le gain d'une bataille vous ouvre quelquefois les portes des villes qui paraiffaient imprenables ; car la faibleffe & l'éloignement de l'ennemi, invite leurs garnifons à capituler.

(*i*) Un prince dont l'armée a été détruite, eft obligé de faire une paix honteufe, ou de dépeupler fes états, pour recruter fes troupes, & d'épuifer fes finances pour former de nouveaux magafins, & mettre fon armée à même de reparaître devant l'ennemi.

(*k*) On voit que les pertes qu'on effuie durant une bataille, ne font pas les plus confidérables ; mais qu'il faut fur tout redouter celles qui fuivent une défaite.

libre avec les états de son souverain. S'il a été vaincu, il ne doit pas pour cela défefpérer de vaincre ; & pour y parvenir, il faut rendre la confiance aux troupes : on en vient à bout en ne formant aucune entreprife fans être aſſûré de réuſſir.

CHAPITRE SECOND.

Raiſons pour combattre.

Les batailles pouvant décider du ſort de la patrie, du prince & des citoyens, il ne faut pas les livrer ſans examiner s'il y a une certitude morale de vaincre. Les raiſons qui peuvent engager à combattre ſont :

1. Quand il eſt poſſible de gagner plus qu'on ne peut perdre (*l*).

2. La ſupériorité en nombre & en qualité de troupes.

3. Pour entrer dans le pays de l'ennemi ou l'empêcher de pénétrer dans le vôtre.

4. La déſunion entre ſes généraux ou leur incapacité.

5. Leur peu de précaution dans les marches ou le choix des camps.

(*l*) De même qu'il eſt imprudent au jeu de riſquer beaucoup pour gagner peu, il ne le ſerait pas moins à la guerre, de combattre, ſi les avantages de la victoire ne compenſaient ce qu'elle peut coûter.

6.

6. Lorfqu'il eft affaibli par la divifion de fes forces.

7. La prochaine arrivée d'un renfort dont la jonction vous le rendrait fupérieur.

8. L'importance d'un pofte dont il le faut chaffer.

9. Lorfqu'il eft encore fatigué d'une marche longue & pénible, & avant que fes malades foient rétablis, & les chevaux eftropiés en état de fervir.

10. S'il n'a pas encore eû le temps de reconnaître le terrein où il eft pofté, & de remédier aux obfta-cles qui gênent ou empêchent la communication des différents corps de fon armée (m).

11. Pour profiter d'une de fes fautes.

12. Le fecours d'une place de conféquence.

13. Pour intimider par une victoire les ennemis fecrets, & les empêcher de fe déclarer.

14. Si une partie de votre armée eft compofée de troupes d'une puiffance qui doit vous abandonner bientôt.

15. Pour donner une nouvelle face aux affaires; comme par exemple, changer une guerre défenfive en offenfive.

_____

(m) Il eft d'autant plus avantageux de combattre l'ennemi dans une pareille fituation, qu'il ne peut faire foutenir qu'avec beaucoup de peine une troupe par une autre.

16. Pour obliger un ennemi opiniâtre à faire la paix, & terminer la guerre qui ne finirait jamais fans les batailles.

17. Si l'on craint que la difette des vivres, des fourages ou de l'argent ne faffe débander les troupes.

18. Enfin lorfque preffé par la famine ou les maladies, ou qu'enveloppé de toute part, il faut vaincre ou fubir la loi de l'ennemi (*n*).

(*n*) Quand on éft réduit aux dernières extrémités, les réfolutions les plus hardies, & même les plus grandes témérités, font fouvent les feuls moyens de fe tirer d'embaras.

CHAPITRE TROISIÈME.

Raifons pour éviter la bataille.

On évite une bataille :

1. Quand on rifque beaucoup plus par une défaite que l'on ne peut gagner par une victoire (*o*).

2. Lorfqu'on commande des troupes inférieures en nombre & en qualité (*p*).

3. Si l'on eft affaibli par des détachements.

4. Quand on attend la jonction d'un renfort.

5. Si l'ennemi occupe un pofte fi avantageux qu'on ne puiffe l'attaquer fans témérité.

6. S'il vous eft plus difficile qu'à lui de rétablir votre armée après une défaite.

7. Si l'on eft affûré de la prochaine défection d'un de fes alliés.

(*o*) Si l'ennemi eft dans votre pays, il faut agir avec la plus grande prudence, & ne rien donner au hazard ; car la perte d'une bataille dans l'intérieur d'un état l'ébranle néceffairement.

(*p*) Lorfqu'on n'eft pas affés fort pour donner bataille, & qu'il ferait dangereux de la recevoir, il vaut mieux fe retirer & perdre un peu de terrein que de rifquer de fe faire battre. On peut trouver dans la fuite l'occafion de regagner avec ufure ce que l'on a facrifié.

8. Si l'armée eſt fatiguée d'une longue marche ou d'un autre travail (*q*).

9. Si une défaite vous obligeait à une longue retraite, & que l'ennemi n'eût que peu de chemin à faire pour ſe mettre en ſûreté.

10. Enfin quand il ſe ruine lui même, ou qu'il y a lieu d'eſpérer qu'en temporiſant ſon armée ſe ruinera, ou que votre cônſtance le laſſera (*r*).

(*q*) La laſſitude de vos troupes vous priverait de l'avantage de pourſuivre l'ennemi ſi vous remportés la victoire, & de vous retirer avec promptitude en cas de défaite.

(*r*) Il arrive quelquefois que l'ennemi ayant compté finir promptement une expédition, ſi elle traîne en longueur, le dépit de ne poùvoir exécuter ſes projets, le rebute & le fait retirer, ou bien la diſette & les maladies le conſûment; ſon armée eſt alors bientôt ruinée; ſes ſoldats épuiſés de fatigue, & preſſés par la famine déſertent en foule: partie ſe rend à vous, & le reſte ſe diſſipe.

CHAPITRE QUATRIÈME.

Moyens d'obliger l'ennemi à combattre.

Sɪ l'ennemi refusait de combattre, il y a un grand nombre de moyens pour l'y contraindre ; mais comme ils dépendent tous de circonstances qu'il est impossible de prévoir, je ne rapporterai ici que les plus généraux. C'est :

1. De ravager le pays de l'ennemi (*s*).

2. De simuler le siége d'une place qui renferme ses magasins, ou qui lui est nécessaire pour assûrer ses convois, ou couvrir une grande étendue de pays, & le faire réellement s'il persiste dans sa résolution.

3. De tomber sur ses quartiers, ou l'attaquer durant une marche, s'il néglige de prendre les sûretés & les précautions nécessaires en pareil cas.

(*s*) Quelque violent que soit ce moyen, les loix de la guerre l'autorisent. *Tout est permis à la guerre, fors* * *la perfidie,* dit Blaise de Vigenère dans les maximes militaires, jointes à sa traduction de César, *page 17.*   * hors.

4. De feindre foi même de ne vouloir pas combattre, & occuper en conféquence des pofitions avantageufes. Cette conduite propre à lui infpirer de la confiance, l'engagera peut être à quitter fon pofte.

5. De le refferrer dans fes fourages & fes quartiers.

6. Enfin, *vous obligerés encore l'ennemi à combattre,* dit le roi de Pruffe (t), *quand vous viendrés par une marche forcée vous mettre fur fes derrières, & lui couper fes communications (u).*

(t) Article XXIII de fon Inftruction militaire à fes généraux.

(u) Ce prince ajoute : *gardés vous bien en faifant ces fortes de manœuvres, de vous mettre dans le même inconvénient, ni de prendre une pofition par laquelle l'ennemi pourrait vous couper d'avec vos magafins.*

CHAPITRE CINQUIÈME.

Précautions à prendre avant la bataille.

QUAND on prévoit le temps, & à peu près les lieux où l'on combattera, il faut :

1. Prendre les précautions néceſſaires pour aſſûrer la retraite de l'armée ſi elle eſt vaincue (*v*).

2. Établir un dépôt de vivres ſur la route par laquelle elle doit ſe retirer (*x*).

3. Remplir les magaſins, & les mettre à couvert de toute entrepriſe.

(*v*) Il faut réſoudre avant une bataille, ce que l'on fera durant le combat pour vaincre l'ennemi, pour tirer bon parti de la victoire ſi on la remporte, & prendre toujours les mêmes précautions pour aſſûrer la retraite de l'armée que ſi elle devait être battue; car c'eſt une maxime reçûe de ne pas engager une action lorſqu'on ne peut ſe retirer avec ſûreté & facilité. Il eſt donc eſſentiel de faire garder les paſſages importants qu'on laiſſe derrière ſoi; cette précaution aſſûre la retraite ou l'avantage de faire venir les convois dont on aura beſoin pour tirer le meilleur parti poſſible de la défaite de l'ennemi.

(*x*) L'eſcorte de ce dépôt doit être commandée par un officier intelligent, afin qu'il le puiſſe faire tranſporter promptement dans les endroits où vous devés paſſer, ſi les circonſtances vous obligent à changer la réſolution & les meſures que vous aviés priſes.

4. Munir les places de manière qu'elles puiſſent faire aſſés de réſiſtance ſi l'on eſt vaincu, pour donner le temps de rétablir l'armée, & de venir s'oppoſer aux progrès de l'ennemi.

5. Avoir ſoin que l'hôpital de l'armée, & ceux des places voiſines, ſoient abondamment pourvus des choſes néceſſaires au panſement & au ſoulagement des bleſſés.

6. Renvoyer les équipages ſur les derrières (*y*).

7. Faire conduire à l'armée les munitions de guerre & de bouche néceſſaires pour le jour de l'action & ſes ſuites.

8. Raſſembler ſes forces, afin d'être ſupérieur à l'ennemi, ou d'avoir plus de troupes à lui oppoſer (*z*).

9. Reconnaître avec ſoin, non ſeulement le champ de bataille qu'on a choiſi (&), mais encore le pays des environs (*a*).

(*y*) On peut les placer de manière qu'ils offrent à l'ennemi un appas qui l'engage à quelque démarche téméraire dont on profite.

(*z*) On ſe renforce quelquefois avec les garniſons des places voiſines.

(&) On emploie l'art à en rectifier les vices, & on profite des avantages qu'il offre pour favoriſer ſes entrepriſes, & nuire à celles de l'ennemi.

(*a*) Il arrive quelquefois que l'ennemi prévenant les deſſeins les mieux concertés, il eſt impoſſible à un général de combattre ſur le

10. Ne pas faire combattre les troupes à jeun s'il eſt poſſible (b).

11. Que le général ſe repréſente les avantages qu'il ſe procurera s'il eſt vainqueur, les reſſources qui lui reſteront s'il eſt vaincu, & les changements qu'il fera à ſes projets dans ces deux cas (c).

12. Qu'il mette en ſûreté les lettres de ſon ſouverain & de ſes miniſtres, ſes inſtructions, ſes ordres, la clé des chiffres & des caractères ſecrets, les lettres des perſonnes avec leſquelles il a des correſpondances, ſoit dans l'armée, ſoit dans le pays de l'ennemi, & tous les autres papiers de conſéquence (d).

13. Qu'il combine ſes opérations de manière que ſi l'ennemi eſt vaincu, la bataille ſoit déciſive

---

champ de bataille qu'il avait d'abord choiſi; ce qui dérange toutes ſes combinaiſons; alors s'il ne connaît parfaitement le pays, il eſt expoſé à commettre un grand nombre de fautes.

(b) L'homme expoſé au danger eſt plutôt qu'un autre dans le cas d'avoir beſoin de nourriture, dit le maréchal de Puyſégur, page 13 du tome I de l'Art de la guerre.

(c) S'il perd la bataille il doit avoir choiſi d'avance des poſitions avantageuſes d'où il puiſſe empêcher l'ennemi de mettre ſa victoire à profit. Tout ce qui tend à la ſûreté des troupes & à la perte de l'ennemi, doit être prévu avant l'évènement.

(d) L'ennemi en les enlevant découvrirait vos deſſeins.

C

pour lui; & que s'il est vainqueur, ses avantages se bornent uniquement au gain du champ de bataille (e).

14. Qu'il soit instruit au juste des forces & de la disposition de l'ennemi (f).

15. Qu'il ne néglige pas de gagner la confiance de l'armée (g).

16. Enfin, qu'aux approches de la bataille, il ne laisse paraître ni tristesse ni inquiétude; il doit, au contraire, se garder avec soin de découvrir les

---

(e) C'était la maxime du prince Eugène. Quelques batailles où il eût du désavantage n'ont jamais été décisives pour lui, excepté celle de Denain; encore ne peut on sans injustice lui en imputer le mauvais succès. Tout le monde sait qu'une économie mal entendue de la part des Hollandais, empêcha de transporter les magasins au Quénoi, ce qui fut peut être la cause du salut de la France.

(f) Il est encore nécessaire de connaître la capacité du général qu'on a en tête. C'est être ignorant dans la sience de commander, de penser qu'un général ait quelque chose de plus important à faire, que de s'étudier à connaître les inclinations & le caractère de son antagoniste, dit Polybe, livre III, chapitre 17.

(g) Si les troupes redoutent l'ennemi, on les encourage, on les harangue. Les harangues militaires doivent être courtes & énergiques. L'honneur de la nation, le souvenir des victoires précédentes, l'espoir du pillage, & le salut de la patrie, en sont les textes les plus usités. On y peut encore faire valoir les motifs d'honneur & d'intérêt.

diverſes craintes dont il peut être agité : les troupes
ne devant voir dans leur chef que fermeté &
réſolution.

E S S A I

THÉORIQUE ET PRATIQUE
SUR LES BATAILLES.

SECONDE PARTIE.
Des Diſpoſitions.

CHAPITRE PREMIER.

Des Diſpoſitions en général.

ON APPELLE *Ordre de bataille, Diſpoſitif* ou *Diſpoſition d'armée,* la manière dont on range les troupes pour combattre.

Soit qu'on donne ou qu'on reçoive la bataille, la victoire dépend du terrein & de la bonté du difpofitif (a); il est donc indifpenfable de favoir profiter des différentes fituations que la nature offre; car quelque favorable que foit le champ de bataille, & quelque grand que puiffe être le nombre & le courage des troupes qui compofent une armée, ces avantages deviennent inutiles, fi celui qui la commande, ignore les moyens de les employer.

Il faut autant qu'il eft poffible, combattre fur un champ de bataille relatif à l'efpèce & au nombre de vos troupes (b). Si vous êtes fupérieur en nombre, choififfés un terrein affés vafte pour y déployer toutes vos forces. Si vous êtes inférieur à l'ennemi, cherchés au contraire un champ de bataille étroit (c),

---

(a) Malgré l'avantage du terrein & une bonne difpofition, on eft quelquefois battu par des circonftances qu'il était impoffible de prévoir.

(b) Si l'ennemi vous eft fupérieur en cavalerie, choififfés un terrein coupé de haies & de foffés où elle lui devienne inutile, & différés tout engagement avant d'y être parvenu. On tient une conduite oppofée s'il eft fupérieur en infanterie.

(c) Il faut que dans tous les cas, le champ de bataille ait affés de profondeur, pour que l'armée puiffe y avoir la plus grande liberté dans fes mouvements.

où il lui foit impoffible de vous attaquer avec un front plus étendu que le vôtre, ou ce qui eft la même chofe qu'il ne puiffe vous déborder. Paffons à ce qui fe pratique le plus fréquemment dans les difpofitions.

On range ordinairement une armée fur deux lignes 1, 2 (*d*), l'infanterie 3 au centre, & la cavalerie 4 fur les aîles (*e*). On laiffe entre les bataillons de la première ligne des intervalles plus ou moins grands (*f*), felon qu'on le juge à propos. Le roi de Pruffe ne veut point d'intervalles entre les efcadrons de la première ligne; *c'eft*, dit-il (*g*),

---

(*d*) On ne peut fixer au jufte fur combien de lignes une armée doit être formée. La nature du terrein, la difpofition & le nombre des troupes de l'ennemi, peuvent feuls le régler.

(*e*) Les champs de bataille variant à l'infini, on ne peut déterminer précifément le pofte de l'infanterie & celui de la cavalerie. Il eft des cas où la cavalerie doit être placée au centre, & d'autres où on la met derrière l'infanterie. Depuis que l'on donne des batailles, il ne s'en eft pas livré deux totalement femblables.

(*f*) Il eft évident que plus les intervalles laiffés entre les flancs des troupes qui compofent une ligne font grands, plus ces flancs font découverts & faibles.

(*g*) *Voyés* une brochure intitulée : *Tactique & manœuvres des Pruffiens*, page 24.

multiplier les flancs fans fe procurer aucun avantage.
Il convient cependant qu'en certaines occafions,
l'on peut fans inconvénient laiffer entre les flancs
des efcadrons, des diftances de fix à fept pas (*h*).
Dans un pays coupé & difficile, il eft d'ufage de
laiffer un intervalle de douze ou quinze pas entre
les efcadrons.

Afin que les troupes de la feconde ligne puiffent
fe mouvoir librement fans troubler la première, on
l'en éloigne de 120 ou 140 toifes au plus. Cette
diftance me paraît fuffifante, parce que fi la première
ligne en eft aux mains avec l'ennemi, la feconde
eft hors de la portée du fufil; d'ailleurs cet efpace
n'eft pas affés confidérable pour qu'elle ne puiffe
foutenir affés tôt la première fi elle en a befoin. Il

(*h*) Je crois de petites diftances entre les bataillons & les efcadrons,
d'autant plus néceffaires que l'expérience prouve qu'une ligne quelconque, qui a des intervalles fuffifants entre les troupes qui la
compofent, a bien plus de jeu dans fes manœuvres, & n'eft pas auffi
fufceptible de défordre qu'une ligne pleine; car les différents corps
font plus indépendants les uns des autres, & moins fujets à crever
dans une marche en avant. La ligne pleine a encore l'inconvénient,
que fi durant la marche une partie fe jette d'un côté, les autres en
font de même, & manquent enfuite de terrein pour fe remettre.

eft

eſt des cas où la nature du terrein, ou d'autres circonſtances obligent à raprocher les lignes.

On obſerve aſſés conſtamment dans les diſpoſitions, que la première ligne ſoit la plus nombreuſe en troupes; parce qu'elle a de plus grands efforts à faire & à ſoutenir que la ſeconde, dont le but eſt uniquement de renforcer ou remplacer par parties, les troupes de la première maltraitées par l'ennemi (i).

On couvre quelquefois les flancs de l'infanterie par des bataillons 5 placés en potence. Cette coutume eſt excellente, en ce que, ſi la cavalerie eſt défaite, l'infanterie n'a rien à craindre, ayant ſes flancs bien aſſûrés. On ne doit jamais employer de l'infanterie pour couvrir les flancs de la cavalerie; parce que ſi celle-ci eſt pouſſée, l'infanterie devient la proie de l'ennemi. Il ne faut ſur les flancs de la cavalerie, que des dragons ou d'autres troupes légères. L'artillerie du parc 6 ſe répand ordinairement ſur le front de la première ligne, & les

_____

(i) La ſeconde ligne de cavalerie a en outre pour objet, de veiller à la ſûreté des flancs, & d'augmenter le front de la première, quand l'on craint d'être débordé, ou lorſqu'on marche en avant, & que le terrein s'élargit.

D

pièces de campagne 7 se placent entre les bataillons (*k*).

Une armée en bataille est toujours soutenue par
une ou plusieurs *Réserves*, qui sont des corps
d'infanterie, de cavalerie ou de dragons, qu'on
place le plus souvent en arrière de la seconde ligne.
Elles ont deux objets : le premier est d'aller renforcer
les parties que l'ennemi presse vivement, & d'empêcher la disposition générale de se rompre, & le
second, de favoriser la retraite ; c'est pour cela qu'il
ne faut les employer pendant l'action que le moins
possible, & lorsqu'on ne peut s'en dispenser, ce doit
être seulement pour faire un dernier effort. Sans les
réserves, on serait obligé durant l'action, de tirer
des troupes du corps de bataille, pour remplir le
même objet, & l'ennemi pourrait alors tomber avec
des forces supérieures sur les endroits dégarnis &
y pénétrer ; c'est pour cette raison qu'il vaut mieux
étendre moins le front d'une armée pour lui ménager
des réserves : le peu de profondeur de l'ordonnance

(*k*) Les pièces de campagne font très peu d'effet séparément. Il
vaudrait mieux les réunir au nombre de huit ou dix, que de les
laisser dans les intervalles des bataillons, dont elles embarassent
quelquefois les mouvements.

moderne les rend indifpenfables : elles doivent être
difpofées de manière qu'on puiffe les mener prompt-
tement au fecours des parties menacées. Il faut
alors obferver, pour ne pas prendre le change, de
ne les mettre en marche que quand l'ennemi aura
entièrement décidé fon point d'attaque. Si l'ordre
de bataille occupe un grand front, il eft d'ufage de
former trois réferves. La première 8 compofée
d'infanterie fe place derrière le centre, & les deux
autres 9, 10 de cavalerie ou de dragons derrière
les aîles. Si au contraire la difpofition eft peu
étendue, on fe contente de pofter une feule réferve
pour foutenir le centre (*l*). On doit autant qu'il eft
poffible, placer les réferves hors de la portée du
canon, & les couvrir même par un village, un bois,
une colline, ou bien les difpofer vis-à-vis les
intervalles de la feconde ligne s'il y en a. Ces différentes difpofitions les empêchent de gêner les
troupes dans leurs mouvements, d'être heurtées, &
même entraînées par celles que l'ennemi peut
contraindre à reculer, & les maintient fraîches &

(*l*) Dans un pays de plaine, cette réferve doit être compofée de
cavalerie ; & dans un pays coupé, on la forme d'infanterie mêlée de
quelques efcadrons de cavalerie ou de dragons.

entières jufqu'au moment où on les veut faire agir;
ce qui eft un grand avantage; *car*, dit Montécuculli (*m*), *celui qui conferve jufqu'au bout le plus
de troupes entières , doit remporter la victoire.*

Si les réferves des aîles ne font deftinées à tourner
l'ennemi, ou à remplacer la feconde ligne fi on
l'emploie à quelque manœuvre, ou à augmenter le
front de la première, je les crois peu utiles; car fi
les deux lignes font maltraitées, les réferves font
infuffifantes pour faire changer la face du combat,
& elles les entraîneront fi elles font mifes en fuite. Il
eft donc préférable de procurer des points d'appuis
à la cavalerie pour fe ralier; comme par exemple,
des maifons ou des redoutes (*n*) qu'on garnit
d'infanterie. Ces poftes raffûrent la feconde ligne qui
s'en voit couverte. Si la première eft pouffée, elle
vient fe ralier derrière, & l'infanterie qui les défend,
empêche par fon feu l'ennemi de la pourfuivre.
Les réferves doivent toujours être commandées par

(*m*) Livre I, chapitre 6.

(*n*) S'il ne fe trouve point de maifons, on peut élever entre les
deux lignes de cavalerie de petites redoutes 1 1 : la conftruction en
eft fimple, prompte & facile.

Pl. 3

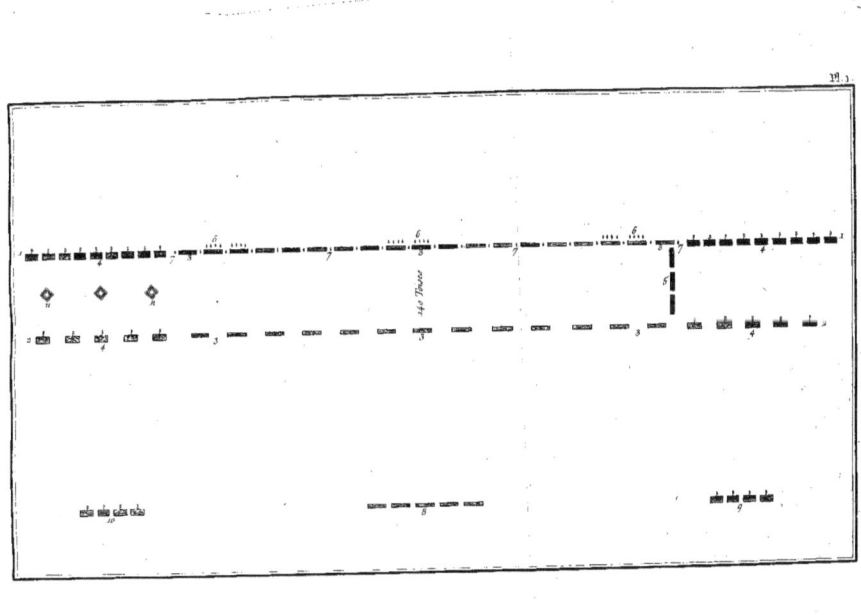

des officiers d'une fermeté à toute épreuve, &
capables de prendre d'eux mêmes & d'exécuter une
réfolution habile & vigoureufe.

C H A P I T R E S E C O N D.

Principes à suivre dans les dispositions.

IL est impossible que dans une bataille les deux
armées soient disposées avec un avantage parfaitement égal. Celle qui la reçoit, peut avoir rendu,
par le secours de l'art, sa position encore plus
favorable qu'elle n'était ; tandis que celle qui vient
attaquer, n'a d'autres avantages en approchant de
l'ennemi, que ceux que lui fournissent momenta-
nément les lieux qu'elle parcourt, & est obligée de
subvenir par son dispositif à toutes les difficultés qui
se rencontrent.

Le terrein varie très souvent, même dans les pays
de plaine. On y trouve quelquefois des inégalités, des
ravins, des haies, des broussailles ou des marais (*o*),
qui obligent à changer l'ordre dans lequel on avait
d'abord rangé les troupes. Cette diversité de lieux

(*o*) La moindre difficulté pouvant arrêter court la cavalerie, &
retarder l'infanterie, on doit combiner les manœuvres, de manière
que les obstacles qui se rencontrent sur le champ de bataille ou aux
environs, ne les interrompent point.

& de circonftances, empêchant de donner des règles particulières & invariables fur les difpofitions, je me bornerai à en détailler les préceptes généraux.

ARTICLE PREMIER.
Principes généraux des difpofitions.

Il faut :

1. Ne déterminer jamais une difpofition avant d'avoir bien reconnu celle de l'ennemi, le champ de bataille fur lequel vous devés combattre (*p*), & foumis votre projet à toutes les combinaifons poffibles (*q*).

(*p*) Il eft effentiel que le général & les officiers généraux aient reconnu dans le plus grand détail, non feulement le champ de bataille, mais encore le terrein qui fépare les deux armées, avant qu'elles fe joignent pour combattre ; de peur que durant l'action il ne fe rencontre quelqu'obftacle, qui rendant le premier difpofitif infuffifant ou inutile, oblige à le changer. Lorfqu'on ne connaît pas bien le terrein, l'ennemi peut attaquer avec fuccès par l'endroit où l'on s'y attend le moins. La connaiffance des chemins, & même des fentiers que l'on a en tête, en queue & fur les flancs, eft encore indifpenfable, afin de prendre de juftes mefures pour s'oppofer aux entreprifes de l'ennemi.

(*q*) Il faut en outre, pour être préparé à tout évènement, prévoir ce que l'ennemi peut entreprendre, fuppofer que fa difpofition

2. Régler l'arrangement des lignes relativement au terrein, à la difpofition que l'ennemi a formée, aux troupes qui peuvent agir avec le plus d'aifance, & à celles qu'il a deffein de vous oppofer.

3. Bien couvrir & affûrer les flancs en les appuyant à des bois (r), des rivières, des marais, des montagnes, des ravins, des précipices, des villages ou des villes; & fi le terrein ne vous offre aucun point d'appui, y fuppléer par le difpofitif (s).

---

fera bonne, & être toujours prêt à lui en oppofer une au moins auffi forte.

(r) *Un axióme de la guerre*, dit le roi de Pruffe, article XXII de l'Inftruction militaire à fes généraux, *eft d'affûrer fes derrières & fes flancs, & de tourner ceux de l'ennemi.* Quelque formidable que foit une difpofition par le front, il eft rare qu'elle foit tenable fi on la prend en flanc. Lorfqu'un ennemi fupérieur ne peut dépaffer ni tourner les aîles, le grand nombre de fes troupes lui devient inutile, & fouvent à charge. Les bois, lorfqu'on peut s'y appuyer ou s'en couvrir, ont l'avantage de mafquer les mouvements; il n'en eft pas de même des rivières.

(s) C'eft une précaution très fage de difpofer un corps de troupes à l'extrémité d'une aîle qui n'eft pas appuyée, pour en couvrir le flanc, ou bien pour augmenter le front fi les circonftances l'exigent. Nous verrons dans la fuite de cet ouvrage, les moyens d'affûrer les flancs lorfqu'on eft débordé, & que le terrein n'offre aucun point pour les appuyer.

4.

4. Que toutes les parties d'une difpofition fe foutiennent, qu'elles ne foient pas trop éloignées les unes des autres, & fe communiquent avec fûreté & facilité (*t*).

5. Que les différentes armes foient poftées fur le terrein qui leur convient (*u*), qu'elles fe prêtent un fecours mutuel (*v*), & qu'elles puiffent combattre plufieurs fois & fans confufion.

6. Supléer à l'infériorité d'une arme par la fupériorité de l'autre (*x*).

(*t*) On évite foigneufement que des ruiffeaux ou des ravins impraticables féparent les lignes, ou d'autres parties de l'armée.

(*u*) Cela eft d'autant plus important, que la nature du champ de bataille doit décider celle du combat, & que l'avantage du terrein eft préférable à celui du nombre. Les poftes les plus avantageux pour l'infanterie font les bois, les hauteurs, les chemins creux, & en général tous les pays coupés de haies, de ravins & de ruiffeaux. Ceux qui conviennent à la cavalerie, font les terreins découverts où elle peut agir avec facilité, & dont l'irrégularité ne puiffe priver cette arme de fes avantages, qui confiftent dans la célérité des mouvemens & la force du choc.

(*v*) En plaine un corps d'infanterie doit toujours être foutenu par une réferve de cavalerie ; & réciproquement il faut que l'infanterie foit toujours à portée de foutenir la cavalerie.

(*x*) *Le nombre d'une arme fur l'autre n'eft d'aucune confidération pour un général habile & expérimenté dans l'infanterie,* dit Folard dans

E

7. Que le front de l'armée ne foit ni trop étendu ni trop refferré ; car l'un & l'autre inconvénient font également dangereux : le premier expofe à être enfoncé avec facilité , & le fecond à être débordé & enveloppé. Il vaut beaucoup mieux

---

fes Commentaires fur Polybe, *Tome I, page* 156. Il s'en fuit de là qu'il eft effentiel que l'infanterie & la cavalerié fe foutiennent mutuellement. Tous les auteurs militaires font convaincus de cette vérité ; mais ils diffèrent entr'eux dans les moyens de la mettre en pratique. Lorfqu'on a de la cavalerie inférieure en nombre ou en qualité à celle de l'ennemi, quelques uns propofent de mélanger alternativement les bataillons & les efcadrons, ou bien de placer feulement des pelottons d'infanterie dans les intervalles des efcadrons. Guftave Adolphe employa avec fuccès cette dernière méthode à la bataille de Leipzig, le grand Condé à Rocroi, Turenne à Sintzheim & à Ensheim &c. Ces autorités n'empêchent pas d'autres militaires de réprouver abfolument le mélange de l'infanterie avec la cavalerie. Voici leurs raifons : *Si*, difent-ils, *une ligne ainfi mélangée eft obligée de faire un mouvement en avant ou en arrière, la cavalerie perdra la protection qu'elle reçoit de l'infanterie, en la devançant par la célérité de fa marche ; ce qui formera évidemment deux lignes. Si l'ennemi en attaque une fur le champ avec un front contigu, il la culbutera facilement, & la fuivante étant trop faible pour la raffûrer & en impofer à l'ennemi, elle deviendra inutile, & fera elle même entraînée dans la fuite.* Il y a deux raifons qui peuvent autorifer le mélange des armes : la première eft lorfque votre infanterie a befoin du fecours de la cavalerie pour réfifter à l'ennemi, & la feconde, quand la cavalerie eft dans le même cas. Voici je crois ce qu'on peut faire

diminuer le front de l'armée pour augmenter les réferves, que de voûloir occuper ûn terrein égal à celui de l'ennemi fi on lui eft inférieur.

8. Qu'une difpofition en rafe campagne foit également forte dans toutes fes parties; *car*, dit le roi de Pruffe (*y*), *les mouvements de l'ennemi y*

---

de mieux dans ces deux circonftances. C'eft dans le premier cas de difpofer les troupes de la feconde ligne par corps de fix ou fept bataillons, & d'autant d'efcadrons de cavalerie ou de dragons. Si l'infanterie eft obligée de fe féparer de la cavalerie, les uns & les autres corps feront affés confidérables pour en impofer à l'ennemi, qui redoutera beaucoup plus d'attaquer fix bataillons, ou autant d'efcadrons réunis, qu'une ligne d'infanterie ou de cavalerie, dont les différentes parties feraient divifées ou éloignées les unes des autres, & par conféquent hors d'état de faire la même réfiftance que des troupes dont les parties s'avoifinent, & fe prêtent un mutuel fecours. Cette difpofition outre l'avantage de raffûrer la première ligne, ou de faciliter fon ralliment, a encore celui de pouvoir achever la défaite de l'ennemi, en fe portant brufquement fur lui, avant qu'il ait pû fe rallier ou fe faire foutenir. Dans le fecond cas, c'eft de placer entre les efcadrons des pelottons de dragons. Ils peuvent fe mouvoir auffi rapidement que la cavalerie, mettre pié à terre lorfqu'on eft près de l'ennemi, fufiller de même que l'infanterie, & fi la cavalerie eft battue, remonter brufquement à cheval, & fe retirer avec elle. Lorfqu'ils feront dans le cas de combattre à pié, on emploiera quelques hommes pour tenir leurs chevaux derrière la ligne.

(*y*) Article XXII de l'Inftruction militaire de ce prince à fes généraux.

E 2

étant libres, il pourrait bien se réferver un corps de troupes qu'il emploierait à vous donner de la befogne.

9. Que la difpofition foit ordonnée de manière qu'on puiffe la changer avec facilité fuivant les circonftances.

10. Si en formant la difpofition on rencontre un ravin, un ruiffeau, un marais &c. qui en couvre une partie, n'y laiffer que les troupes abfolument effentielles, & employer les autres ailleurs.

11. Si l'on eft obligé de combattre ayant derrière foi une rivière, un ruiffeau, des marais ou des prés peu ou point praticables (ζ), n'y pas adoffer exactement les troupes; mais les en éloigner affés pour qu'elles aient fuffifamment de terrein pour fe mouvoir avec aifance (&).

(ζ) Il eft fort avantageux au contraire d'en couvrir fon front ou d'y appuyer fes flancs. Soit qu'on ait des marais ou des prés devant foi ou fur fes flancs, il faut les faire fonder avec foin, pour reconnaître s'ils font praticables ou non. On place des troupes dans les endroits par où l'ennemi peut pénétrer, ou bien l'on profite des débouchés pour tomber fur lui.

(&) Si on en poftait les troupes à peu de diftance, & qu'elles fuffent pouffées, elles feraient obligées de fe jetter dans l'eau ou dans la vâfe, n'ayant point de terrein pour fe rallier.

12. Éviter de pofter trop près du bord de la mer ou de quelque grande rivière les flancs de l'armée, lorfqu'il eft à craindre que des vaiffeaux ennemis ne les canonent durant le combat (*a*).

13. Ne laiffer fur les flancs ou en avant de l'armée, aucune hauteur ou pofte (*b*) qui vous commande, & d'où l'ennemi pourrait vous incommoder avec fon artillerie.

14. Ne fe pofter jamais dans une vallée, fi l'on n'occupe les hauteurs contigues ou qui la dominent.

15. Lorfqu'on laiffe des bois derrière foi, y pofter des troupes de manière que l'ennemi ne puiffe les tourner & vous couper la retraite.

(*a*) Une difpofition en pareil cas eft très délicate; car fi on s'éloigne trop du bord de la rivière ou de la mer, l'ennemi peut dans l'intervalle qu'on laiffe, faire paffer des troupes pour tomber fur le flanc de l'armée. C'eft ce qui arriva aux Efpagnols à la bataille des Dunes. Quelques frégates de l'armée navalle d'Angleterre les canonèrent d'abord; enfuite M. de Turenne fit charger en flanc leur droite par la cavalerie de fa gauche : ils ne réfiftèrent pas à cette attaque, & prirent la fuite. Les Efpagnols ne pouvant s'appuyer à la mer, à caufe des vaiffeaux Anglais, devaient couvrir leur flanc droit avec un corps de cavalerie difpofé en potence, ou bien par un retranchement garni d'infanterie.

(*b*) On doit les occuper foi même, fur tout lorfqu'on peut de là gêner l'ennemi dans fes mouvements.

16. Faire enforte de rendre inutile une partie des forces de l'ennemi, de couvrir vos troupes, & de l'obliger à découvrir les fiennes.

17. Éviter que les troupes forment des angles faillants, fi par la nature du terrein ou du difpofitif le fommet de l'angle reftait fans défenfe. Les angles rentrants font infiniment avantageux, lorfque leurs côtés fe prêtent un fecours mutuel (c).

18. Difpofer s'il eft poffible les troupes de manière qu'elles aient le foleil à dos (d), & que le vent ne leur porte point dans les yeux la fumée & la pouffière (e).

19. Établir l'artillerie fur les hauteurs qui dominent

(c) Il réfulte de ce principe que l'on doit éviter avec foin de donner dans les rentrants, & faire en forte d'y attirer l'ennemi.

(d) Dans les combats de nuit il eft avantageux d'avoir la lune à dos, parce que l'ennemi peut prendre alors l'ombre des troupes pour les troupes même.

(e) On a remarqué qu'une troupe contre laquelle le vent jette la pouffière, eft altérée & fatiguée très promptement; mais le mouvement continu du foleil & les fréqüentes variations du vent, font qu'on n'eft prefque jamais affûré de pouvoir fe procurer ces avantages; d'ailleurs la fituation du champ de bataille vous empêche fouvent d'en jouir,

le champ de bataille, & aux endroits où elle fera nécessaire (*f*).

20. Bien connaître les environs des deux champs de bataille, pour éviter les piéges & en tendre à l'ennemi.

21. Toujours faire enforte de le prévenir, d'être en bataille avant lui, & de le charger avant qu'il ait fini fes difpofitions.

22. Partager fes forces & fon attention, & lui cacher ou lui déguifer fi bien vos mouvements, qu'il n'ait pas le temps de s'y oppofer.

23. Lui préfenter dans quelque partie des corps de cavalerie, pour l'engager à faire une fauffe difpofition, & combiner la vôtre de manière qu'elle

---

(*f*) On établit autant qu'il fe peut l'artillerie fur des hauteurs en pente douce, afin que les tirs foient plus rafants que plongeants. Il eft très avantageux d'en placer à la faveur d'un rideau, d'un village ou des faillants du terrein, quelques pièces qui prennent en flanc ou en écharpe toute une aîle de l'ennemi, ou une autre partie de fa difpofition. Si le terrein le permet, on difpofe auffi de l'artillerie qui tire par deffus la ligne; mais fi l'ennemi a cet avantage, on fe hâte d'en venir aux mains pour le rendre inutile. Comme l'on doit toujours fe procurer autant de feux croifés qu'il eft poffible, il ne faut pas faire tirer l'artillerie directement; mais la placer de manière qu'elle prenne l'ennemi en écharpe, & que les tirs fe réuniffent aux endroits de fa difpofition que l'on veut attaquer.

le déconcerte, & l'oblige à des évolutions qui n'étant pas prévues de sa part, ne pourront se faire avec l'ordre nécessaire en pareil cas, & de l'irrégularité desquelles vous profiterés.

24. Ne pas faire autant qu'il est possible ce qu'on paraissait vouloir exécuter.

25. Enfin, tromper l'ennemi par des mouvements qui cachent longtemps vos desseins, ou qui annoncent une disposition que vous pourrés changer avec promptitude en une autre totalement différente, au moyen d'une manœuvre simple & rapide (g).

ARTICLE SECOND.

Principes des dispositions offensives.

On appelle *Disposition offensive*, celle que l'on forme pour attaquer l'ennemi.

Il y a un avantage réel à aller le combattre, surtout lorsqu'il est posté; car l'on peut alors se

---

(g) C'est alors que l'art de manœuvrer donne aux troupes une grande supériorité.

ranger

ranger fans précipitation, rectifier le difpofitif fi on y reconnaît quelque défectuofité, & n'engager le combat que quand on le juge à propos. D'ailleurs cette démarche augmente encore le courage de vos troupes, & l'ôte à celles de l'ennemi, qui penfent que vous avés fur elles une fupériorité quelconque, puifque vous venés les chercher. Il faut dans une difpofition offenfive, fuivre les principes fuivants :

1. Attaquer toujours avec la partie la plus forte de votre difpofition l'endroit le plus faible de celle de l'ennemi, ou celui dans lequel on croit trouver le moins de réfiftance (h).

2. Occuper l'ennemi dans tout fon front, & faire feulement de plus grands efforts aux endroits par où l'on peut pénétrer.

3. N'attaquer jamais une armée poftée avec une égale vivacité fur tout fon front; parce que fi l'on eft repouffé dans une partie, les troupes voifines qui s'en apperçoivent fe rebutent, & votre armée

---

(h) La plus grande difficulté de cette opération confifte à combiner vos mouvements de manière que l'ennemi ne puiffe s'y oppofer, ni même deviner quel eft leur but avant de vous avoir fur les bras.

F

entière est découragée en même temps; au lieu qu'en se bornant à n'attaquer en force qu'un ou deux endroits, & à occuper seulement l'ennemi dans tous les autres, si l'on réussit, les troupes qui ne contribuent pas aux vraies attaques, tombant alors sur celles qu'elles ont en tête, les empêchent d'aller soutenir les parties que l'on vient de battre; lesquelles n'étant pas secourues, peuvent être entièrement défaites.

4. Essayer de déborder l'ennemi; c'est un des plus grands avantages que l'on puisse se procurer.

5. Faire combattre à la fois un plus grand nombre de troupes qu'il ne peut vous en opposer.

6. Lui tendre des embuscades (*i*), le tourner (*k*)

(*i*) On tend des embuscades à l'ennemi de plusieurs manières. On feint une mauvaise disposition, comme par exemple de dégarnir ou de laisser un vide quelque part, & s'il veut profiter de cette faute apparente, on le charge avec des troupes disposées à cet effet, & dont on lui a dérobé la connaissance; ou bien l'on tâche au moyen d'un mouvement rétrograde d'une partie quelconque de l'armée, d'attirer l'ennemi sous le feu d'un corps d'infanterie caché dans quelque lieu couvert, ou assés proche de vous pour que vos troupes le puissent prendre en flanc ou à dos.

(*k*) Il importe alors de savoir quels sont les appuis de ses aîles, & la nature des lieux où sont ces appuis.

& entreprendre fur fes flancs & fes derrières (*l*).
On réferve pour cela un ou plufieurs corps (*m*)
deftinés à faire un circuit, & à l'attaquer à l'improvifte en flanc ou à dos (*n*). Ces fortes de
manœuvres demandent une grande jufteffe dans
leur combinaifon; car fi les troupes s'égarent, ou fi
leur marche eft retardée par la difficulté des chemins,
ou bien par un orage qui ayant groffi une rivière
ou des ruiffeaux, les rende plus difficiles à traverfer
qu'on ne l'avait cru, elles peuvent fe découvrir
trop tôt ou trop tard. Dans le premier cas l'ennemi
fe précautionne contr'elles, & dans le fecond, il
les défait s'il vous a battu, ou elles deviennent

(*l*) On ne doit former de pareilles entreprifes que quand on n'a
qu'un petit circuit à faire; & lorfqu'on les tente, il faut toujours
fupofer l'ennemi affés habile pour les deviner, & avoir en conféquence
un difpofitif tout prêt pour foutenir votre premier deffein & en affûrer
la réuffite.

(*m*) On y emploie ordinairement de la cavalerie, des dragons ou
des huffards; on y fait auffi fervir l'infanterie felon le terrein.

(*n*) Il ne fuffit pas de fe ménager des corps indépendants du refte
de l'armée, pour exécuter les opérations qu'on a projetté; mais il faut
encore prévoir les deffeins que l'ennemi eft à même de former, afin
de s'en garantir; car quoiqu'il reçoive la bataille, il peut pour faire
diverfion, entreprendre fur vos flancs & vos derrières?

inutiles fi vous avés remporté la victoire. On ne
doit faire tourner l'ennemi que par des corps
fpécialement deftinés à cet objet (*o*). Il ferait
dangereux d'y employer des troupes tirées des
parties qui peuvent en venir aux mains; car on
donnerait fur elles la fupériorité à l'ennemi. Si
l'on parvient à attirer fon attention d'un côté,
& à lui cacher la marche des corps qui veulent
entreprendre fur fes flancs & fes derrières, il ne faut
pas pour cela ceffer de fe conduire avec beaucoup
de circonfpection. Les troupes arrivées à leur
deftination, on les cache à la faveur d'un bois ou
d'une colline, & on les difpofe de manière qu'elles
puiffent déboucher fur l'ennemi avec promptitude
& facilité. De quelque façon qu'on fe propofe de
le tourner, il importe qu'il n'ait aucune connaiffance de la marche des corps qu'on y emploie, ou

---

(*o*) A moins d'une réuffite évidente, il faut n'employer à tourner
l'ennemi que des corps peu confidérables; car s'il pénètre votre
deffein, il enverra lui même des détachements pour le faire échouer,
ou pourra tomber avec des forces fupérieures fur ces troupes, qui au
lieu de furprendre feraient elles mêmes furprifes & détruites; de
forte que fi elles étaient nombreufes, cette perte affaiblirait beaucoup
votre armée.

que du moins s'il vient à la découvrir, elle foit
combinée de manière qu'il ne puiſſe deviner pré-
ciſément quelle partie de ſon armée ils veulent
attaquer. On laiſſe auſſi quelquefois à peu de diſtance
du champ de bataille, des troupes avec ordre de
rejoindre l'armée quand le combat ſera engagé.
Ces ſortes de jonctions produiſent preſque toujours
un très bon effet; car il eſt rare que l'ennemi ne les
prenne pour un renfort conſidérable & inattendu.

7. Dégarnir ſubitement une partie de la diſpoſition, en renforcer quelqu'autre avec les troupes
qu'on en tire, & tomber ſur l'ennemi ſans lui donner
le temps de faire ſoutenir les endroits que vous
attaqués (*p*).

8. N'entreprendre que le moins poſſible contre
les villages ou les poſtes fortifiés; *car*, dit le roi de
Pruſſe (*q*), *on y riſque l'élite de ſon infanterie.*

9. N'attaquer jamais faiblement un poſte dont
il importe de chaſſer l'ennemi; mais y employer au
contraire autant de troupes qu'il en faudra pour

(*p*) Pour exécuter une pareille manœuvre avec ſuccès, il faut qu'il
ſoit poſſible d'enfoncer l'ennemi dans la partie où on l'attaque, avant
qu'il ait pû la renforcer.

(*q*) Article XXII de ſon Inſtruction militaire à ſes généraux.

l'emporter avec la plus grande promptitude pos-
fible (r).

10. Ménager une ou plufieurs réferves pour les
envoyer durant le combat aux endroits où l'on fe
propofe de faire un grand effort.

11. Lorfqu'on a des haies à paffer pour joindre
l'ennemi, diftribuer fur le front de la ligne pour
ouvrir des paffages des foldats avec des outils, &
les faire protéger par le feu de quelques pelottons
d'infanterie.

12. Ne paffer jamais un ruiffeau ou un ravin
pour attaquer l'ennemi pofté de l'autre côté, de
peur qu'il ne profite du défordre où ce mouvement
met les troupes pour les charger avec avantage. On
s'écarte de cette règle quand l'ennemi en eft trop
éloigné pour qu'il puiffe vous joindre avant qu'il y
ait en bataille affés de monde pour lui réfifter.

13. Enfin, fi l'on a un ruiffeau à traverfer pour
attaquer, faire jetter deffus une grande quantité de
ponts auffi larges qu'on le peut. S'il n'eft pas

(r) Les tatonnements font dangereux, parce que comme il eft
prefque toujours néceffaire de renforcer en détail & fucceffivement
les troupes qui combattent, on y perd beaucoup plus d'hommes & de
temps que dans une attaque vigoureufe & de courte durée.

profond, on fait applanir en pente douce les parties des bords qui font efcarpés, alors la cavalerie & l'infanterie le paffent à gué, & on établit feulement de diftance en diftance, quelques ponts pour faciliter le tranfport de l'artillerie.

ARTICLE TROISIÈME.

Principes des difpofitions défenfives.

On appelle *Difpofition défenfive* celle qu'on forme pour recevoir la bataille.

Lorfque l'on eft déterminé à attendre l'ennemi dans un pofte, & que les difpofitions font faites en conféquence, on ne peut s'en éloigner fans renoncer à prefque tous fes avantages (s); mais quelque favorablement qu'une armée foit poftée, l'ennemi a fur elle un grand afcendant, en ce qu'il peut règler fon difpofitif fans précipitation, d'après les reconnaiffances qu'il a eû le temps de faire, n'attaquer que

---

(s) Il y a cependant des occafions où il eft avantageux de quitter fon pofte pour marcher à l'ennemi, lequel au lieu d'attaquer comme il l'efpérait, voit toutes fes mefures rompues par une attaque qu'il ne prévoyait pas.

la partie qui lui plaît, & différer même le combat autant qu'il le jugera à propos.

Il faut dans une difpofition défenfive :

1. Affûrer fes derrières avec foin, & bien appuyer fes flancs (*t*).

2. Lorfque le terrein ne fournit aucun point pour les appuyer, y fupléer par des redoutes (*u*), des retranchements, des chariots (*v*), &c. & s'il eft impoffible de mettre ces moyens en ufage, on y fait fervir les troupes même.

3. Quand une armée a fes flancs appuyés à des bois, les couvrir par des abatis (*x*) garnis de troupes,

---

(*t*) Si l'on reçoit la bataille, il eft fort avantageux fur tout dans une plaine, de rencontrer un village, un ravin ou d'autres points où l'on puiffe appuyer les flancs de l'armée.

(*u*) On ne peut rien employer de meilleur que les redoutes pour fortifier la pofition d'une armée : elles ont l'avantage fur les autres retranchements de ne pas empêcher de profiter d'un moment favorable pour tomber fur l'ennemi.

(*v*) On les enfonce dans la terre jufqu'au moyeu des roues. Les chariots ont l'avantage fur les chevaux de frife, de pouvoir fervir dans une marche à couvrir les flancs ou quelqu'autre partie de l'armée, à moins qu'on n'en emploie de montés fur des roues, tels que font ceux propofés dans l'Efprit des loix de la Tactique du maréchal de Saxe, Tome I, page 1.

(*x*) On a remarqué que les abatis font plus difficiles à forcer que les autres retranchements.

&

& coûper les arbres auffi loin qu'on le pourra; mais au moins à la demie portée du fufil, afin que l'ennemi ne puiffe approcher à couvert. Il eft en outre néceffaire d'avoir dans le bois des partis pour éclairer les démarches de votre adverfaire, & n'être pas furpris (*y*).

4. Si l'on eft appuyé à des montagnes, non feulement en occuper le fommet; mais encore embaraffer les endroits par où l'ennemi peut en tourner la pente ou y pofter des troupes.

5. Si l'on veut s'appuyer à une rivière, obferver auparavant s'il n'y a d'aucun côté des hauteurs qui vous commandent, & où l'ennemi pourrait établir de l'artillerie.

6. Ne laiffer devant ou près de l'armée aucun bois d'où l'ennemi puiffe déboucher & attaquer à l'improvifte; il faut au contraire faire en forte de les avoir derrière foi : rien n'étant plus avantageux pour favorifer une retraite,

---

(*y*) Lorfqu'un bois eft épais, l'ennemi ne peut venir à vous que par les routes ordinaires, & il fuffit alors de les garder ou de les rendre impraticables; s'il eft clair femé, on doit y pofter affés de troupes, pour être préparé à tout évènement.

G

7. Si l'ennemi occupe des bois en avant du front, s'en éloigner assés pour que les batteries qu'il établira au bord de ces bois ne vous incommodent pas, qu'il ne puisse attaquer en débouchant, & qu'il soit obligé de faire sa disposition à découvert.

8. Lorsqu'il se trouve des bois sur le front de l'armée, élever des redoutes de distance en distance, & faire des abatis entr'elles.

9. Si l'on a sur son front un ravin, une rivière ou un ruisseau guéable, dont on veut empêcher le passage, s'en poster à la portée du canon si le terrein est bien uni ($\imath$); mais s'en raprocher autant qu'on le pourra s'il se trouvait la moindre chose qui pût couvrir les mouvements de l'ennemi.

10. S'il se rencontre sur le front ou sur les flancs de l'armée des villages, maisons, enclos, haies, &c (&), on les fortifie, & on y poste de

---

($\imath$) Dans tous les cas, cette distance ne doit pas être si grande qu'on ne puisse arriver assés tôt sur l'ennemi désordonné par le passage, ou encore occupé à l'effectuer. Lorsqu'il est à craindre que l'artillerie de l'ennemi ne vous cause beaucoup de perte, on couvre les troupes par des épaulements d'où on les tire quand l'on juge à propos de combattre.

(&) On poste des troupes derrière les murailles & les haies des jardins, des vignes ou des enclos qui peuvent se rencontrer sur le

l'infanterie. On ne doit jamais dégarnir les espaces intermédiaires de ces postes, à moins que leurs feux ne s'y croisent, ou qu'il ne soit possible d'arriver assés tôt en force pour s'opposer à l'ennemi s'il voulait pénétrer par là.

11. Se ranger autant qu'il est possible à portée d'un défilé, derrière lequel on puisse trouver une retraite sûre & facile en cas de défaite (a).

12. Rendre inattaquable une ou plusieurs parties de la disposition, ou ce qui est la même chose, diminuer les points d'attaque de l'ennemi autant qu'il sera possible (b).

13. Que les endroits de la disposition où on est

---

front de la première ligne. Il faut si elles sont trop basses, creuser au pié un fossé du côté de l'ennemi, & si elles sont trop hautes, élever une banquette de votre côté. On a soin de brûler ou d'abatre les villages, maisons, murailles ou haies trop éloignées de la ligne, pour qu'on puisse les défendre ou les soutenir facilement, ou bien qui serviraient à favoriser l'ennemi, & à masquer ses manœuvres.

(a) Lorsqu'après une défaite on occupe un pareil poste, il est difficile que l'ennemi tire de grands avantages de sa victoire.

(b) Les postes les plus avantageux sont ceux d'une médiocre étendue, & où il est possible de réduire l'ennemi à un ou deux points d'attaque déterminés, sans qu'il puisse rien entreprendre contre le reste de l'armée.

en force lui paraiſſent les plus faibles, & que ceux
où l'on eſt faible lui ſemblent redoutables.

14. Se ménager des réſerves pour les employer
à ſoutenir les parties qu'il menacera.

15. Quand on combat ſur un front parallèle à
celui de l'ennemi, & qu'il peut attaquer le centre,
le renforcer de manière qu'il ne puiſſe le percer (c).

16. Ne mettre jamais toute ſa confiance dans
un ſeul poſte, parce qu'il peut être forcé.

17. Enfin éviter autant qu'il eſt poſſible d'être
débordé : de ce déſavantage s'en ſuit naturellement
celui d'être tourné.

(c) Le centre eſt la plus eſſentielle de toutes les parties. On dit
communément qu'une armée ouverte au centre doit être battue,
vû la difficulté de remédier au mal. *Il en eſt d'une armée ouverte
au centre,* dit Folard page 216 du Tome III des Commentaires ſur
Polybe, *comme d'une chaîne qui ferme un pont, & dont on romprait le
chaînon du milieu ; il n'y a plus de reméde, il faut que tout paſſe &
tout ſuive ; l'armée ſe trouvant ainſi ſéparée à ſes aîles, l'une ne ſaurait
aller au ſecours de l'autre.*

CHAPITRE TROISIÈME.

Des dispositions proposées par Végèce (d).

VÉGÈCE distingue sept dispositions ou ordres de batailles qu'on peut employer pour faire combattre une armée dans une plaine où le terrein ne donne aucun avantage (e), c'est à dire qu'elles font purement *Tactiques* (f); je vais les rapporter avec les remarques dont elles me paraîtront susceptibles.

1ᵉ DISPOSITION. La première disposition est celle en carré long dont on se sert ordinairement. Il ne faut pas conclure de là qu'elle soit fort bonne;

PLANCHE 2.

Figure 1.

(d) Voyés le troisième livre de cet auteur, chapitres IV & XXVI, dans lequel il indique les occasions où on peut les employer. Je ne rapporte pas ses dispositions mot pour mot : j'en donne seulement le sens.

(e) Il faut en excepter la septième, où Végèce requiert un point d'appui pour une des aîles.

(f) On entend par ce mot que l'art & la finesse de ces dispositions consistent uniquement dans l'arrangement & les manœuvres des troupes; au lieu que si l'on combat en pays de chicane, toute la sience d'une disposition gît dans la manière dont on tire parti des avantages que le terrein peut présenter.

car des troupes difpofées fur un très grand front &
peu de profondeur, ne fe meuvent jamais fans
flottement; ce qui produit prefque toujours des
ouvertures par où l'ennemi peut pénétrer; d'ailleurs
s'il vous déborde il prend votre armée en flanc, &
alors elle court rifque d'être battue, fi les réferves
ne viennent promptement au fecours des aîles.

Remarque. Un général qui emploie cette difpofition ne donne aucune force à fon ordre de bataille,
& abandonne à la feule valeur des troupes la
conduite & la réuffite de l'action. Il ne faut donc
pas combattre dans cet ordre, à moins que votre
fupériorité en nombre ne vous détermine à envelopper l'ennemi.

PLANCHE
2.

Figure 2.

2ᵉ DISPOSITION. La feconde difpofition eft
oblique. Voici la manière de la former. On fait
arrêter le centre 1 & la gauche 2 à une diftance
quelconque de l'ennemi 3, puis on joint obliquement par la droite 5 laquelle doit être renforcée,
fa gauche 4 que l'on tâche de prendre en flanc &
à dos.

Remarque. La feconde difpofition s'emploie
quand la droite d'une armée eft plus forte que la
gauche de l'ennemi. S'il vous prévient & veut

combattre dans cet ordre, il faut renforcer promptement l'aîle gauche d'infanterie & de cavalerie, lui refuser la droite & le centre, & fe précautionner contre les attaques qu'il peut entreprendre contre le flanc & les derrières.

3ᵉ DISPOSITION. Cette difpofition eſt la même fur la gauche que la précédente fur la droite.

Remarque. L'inverfe de la remarque précédente a lieu ici.

4ᵉ DISPOSITION. La quatrième difpofition confifte à refufer le centre & à attaquer avec les aîles. Le centre 1 s'arrête à une diftance quelconque (*g*) de l'ennemi 2, & les aîles 3 qui doivent avoir été renforcées doublant le pas, tombent vivement fur les fiennes, & font leur poffible pour les culbuter.

5ᵉ DISPOSITION. Cette difpofition diffère feulement de la quatrième en ce que l'on couvre le centre 1 avec des troupes armées à la legère 2.

Remarque. Le quatrième & cinquième ordre n'en font qu'un pour nous aujourd'hui, dit le maréchal

PLANCHE 2. *Figure 3.*

PLANCHE 2. *Figure 4.*

PLANCHE 2. *Figure 5.*

(*g*) Végèce dit qu'il faut que le centre faffe halte, & que les aîles commencent leur mouvement à environ 500 pas de l'ennemi. Si on voulait employer aujourd'hui cette difpofition telle qu'il la propofe, on pourrait arrêter le centre hors de la portée du fufil.

de Puyſégur (*h*), *qui ne diſtinguons plus d'armure légère ni d'armure peſante.* On les emploie quand les aîles ſont ſupérieures à celles de l'ennemi. Une attaque de cette nature qui réuſſit, peut donner promptement la victoire ; mais ſi l'ennemi n'eſt pas rompu aux premières charges, il eſt poſſible qu'il tombe avec des troupes ſupérieures en nombre ſur le centre qu'on a dégarni, qu'il l'enfonce & coupe ainſi la communication de l'une à l'autre aîle : ſituation très critique & qui expoſe à une défaite.

PLANCHE 2.

Figure 6.

6ᵉ DISPOSITION. On emploie cette diſpoſition en attaquant avec l'aîle droite 1 qu'on doit avoir renforcée, la gauche 2 de l'ennemi qu'il faut eſſayer de mettre en fuite en la prenant en flanc & par derrière. Le centre & la gauche 3 reſtent diſpoſés obliquement (*i*) & éloignés de la droite 4 de l'ennemi.

(*h*) Page 343 du tome I de l'Art de la guerre.

(*i*) *Dès que vous avés diſpoſé votre droite pour attaquer la gauche de l'ennemi, il faut,* dit Végèce, *tenir le reſte de votre armée* 5 *fort éloigné de ſa droite, & rangé en long comme un javelot qui ſe préſente de pointe.* L'artillerie rend impraticable ce que l'auteur latin propoſe ici ; car des troupes rangées ſur un grand front diſpoſé perpendiculairement à celui de l'ennemi, auraient beaucoup à ſouffrir du canon. On ne peut remédier à cet inconvénient que par une poſition oblique.

Remarque.

Remarque. Cette difpofition a beaucoup de rapport avec la feconde, & peut être la reffource d'un général qui ne compte ni fur le nombre ni fur le courage de fes troupes. Sa propriété eft de rendre inutile une partie des forces de l'ennemi; car tandis que la droite 1 agira contre fa gauche 2, le refte de l'armée 3 tiendra en échec fon centre & fa droite 4 ; & s'il dégarnit quelque partie de la ligne pour renforcer les troupes qui combattent, on peut en faire autant ou attaquer les endroits qu'il a affaiblis.

Il eft bon d'obferver que par une difpofition contraire à celle que je viens de rapporter, on peut entreprendre contre la droite de l'ennemi, & lui refufer le centre & la droite.

7ᵉ DISPOSITION. La feptième difpofition PLANCHE confifte à appuyer une des aîles à une rivière 1, à 2. un marais, à des hauteurs ou à un retranchement *Figure 7.* qui empêchent l'ennemi de vous déborder de ce côté là, & à difpofer le refte de l'armée 2 felon la méthode ordinaire, en obfervant de placer toute la cavalerie 3 à l'aîle qui n'eft pas appuyée.

Remarque. Cette difpofition n'eft autre chofe que la première, dont une des aîles eft appuyée. A l'égard de ce que dit Végèce, qu'il faut placer

H

toute la cavalerie à l'aîle qui ne l'eſt pas, on ne doit le faire que quand on a fort peu de cavalerie, ou lorſque le terrein ne lui permet pas d'agir ailleurs.

On peut diſpoſer obliquement ſi on le juge à propos l'aîle 4 qui n'eſt pas appuyée.

REMARQUE GÉNÉRALE.

Les diſpoſitions précédentes & toutes celles qu'on peut former, ſont parallèles ou obliques au front de l'ennemi. Il n'exiſte réellement que l'*Ordre direct* ou *parallèle* & l'*Oblique*. Je vais eſſayer d'en développer les principes dans les deux chapitres ſuivants.

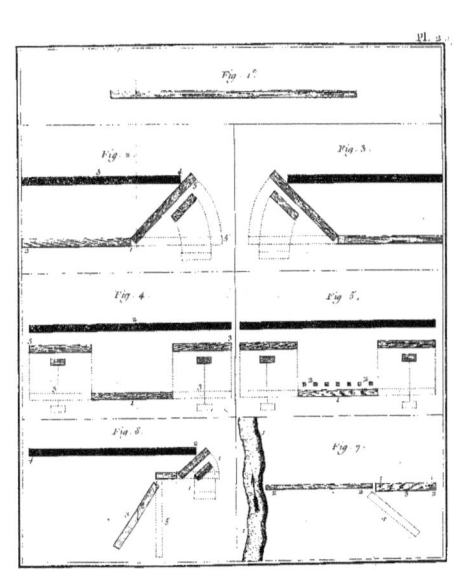

CHAPITRE QUATRIÈME.

De l'Ordre direct ou parallèle.

ARTICLE PREMIER.

De l'Ordre direct en général.

On nomme *Ordre direct* ou *parallèle*, ou *Dif-position directe* ou *parallèle*, celui ou celle dont toutes les parties font difpofées parallèlement à l'ennemi, & de manière qu'elles puiffent combattre dans la direction où elles fe trouvent placées (*k*).

L'ordre direct eft le plus naturel, le plus fimple & le plus ancien de tous les ordres. A mefure que la tactique fe perfectionna, on reconnut en lui plufieurs défauts (*l*). La difficulté de rencontrer

---

(*k*) Il ne faut cependant pas prendre à la rigueur le mot *pa-rallèle*; car il y a peu de terreins affés unis pour que deux armées s'y puiffent mettre en bataille fur deux allignemens exactement parallèles.

(*l*) Voyés dans le chapitre précédent la remarque de la première difpofition de Végèce: elle a lieu ici.

des plaines affés unies ou affés vaftes pour y faire
manœuvrer, joindre & combattre en même temps
fur tout leur front deux armées nombreufes, eft je
crois la raifon principale qui empêche de l'employer
fréquemment.

ARTICLE SECOND.

Exemples de Difpofitions directes offenfives.

Planche
3.
Figure 1. I. *Je fupofe qu'on foit obligé d'attaquer une
armée* 1 *dont la droite eft appuyée à une rivière & la
gauche à un marais.*

On obfervera d'abord que la nature du terrein
empêchant l'affaillant (qu'on fuppofe fupérieur en
nombre) de déborder l'ennemi 1, & que les flancs
& les derrières de ce dernier étant bien affûrés, on
ne peut l'attaquer que de front. L'infanterie 2 & la
cavalerie 3 feront donc rangées fur un front égal à
celui de l'armée 1, & l'excédent des troupes 4
foutiendra les aîles.

Le but de cette difpofition eft de faire craindre
à l'ennemi pour fes aîles, & de l'engager à dégarnir
fon centre pour les renforcer. Si on parvient à le

tromper, les aîles 3 engageront légèrement le combat, tandis que les troupes 4 viendront foutenir le centre 2 qui chargera auffitôt avec la plus grande vigueur. S'il eft victorieux, partie des troupes tourneront promptement à droite & à gauche fur les flancs & les derrières de ce qui réfiftera encore, & le refte ira feconder l'attaque des aîles. De cette manière on pourra battre toute l'armée 1 prefqu'en même temps. Si l'ennemi n'eft pas la dupe de ces mouvements & ne dégarnit point fon centre, il n'y a d'autre parti à prendre que de tirer des troupes du centre (m) pour renforcer les aîles, & faire enforte d'enfoncer les fiennes 1, tandis que le refte de l'armée l'occupera par de fauffes charges.

2. *Si l'on veut attaquer une armée qui a fa* Planche
droite 1 appuyée à une rivière, fa gauche 2 à un 3.
marais, & un village 3 au centre, on pourra Figure 2.
employer la difpofition fuivante:

Il n'y a que deux partis à prendre dans l'attaque de cette armée. Le premier eft d'attaquer feulement le centre, & le fecond de fimuler une attaque au

---

(m) L'armée qui attaque étant fupofée plus nombreufe que l'autre, il eft poffible d'entreprendre contre fes aîles avec des forces fupérieures, & d'avoir encore un centre égal au fien.

centre 3, & de tomber fur les aîles 1, 2 avec des forces fupérieures.

Si l'on veut attaquer le centre 3, on renforcera d'abord les aîles 4, 5. Si cette difpofition engage l'ennemi à le dégarnir, des corps d'infanterie 6 fileront promptement des aîles pour fe joindre au centre & attaquer le village. Si au contraire l'ennemi ne change rien à fon difpofitif, votre centre feindra d'attaquer le village, tandis que vos aîles 4, 5 renforcées d'infanterie 6 & de cavalerie 7 effaieront de renverfer les fiennes.

ARTICLE TROISIÈME.

Exemples de Difpofitions directes défenfives.

Les difpofitions directes défenfives font fort dangereufes lorfqu'on n'a pas fes aîles bien affûrées, ou fi l'on manque de troupes pour remplir totalement l'efpace compris entre les points auxquels on pourrait les appuyer.

Planche 4. Figure 1.

I. Si une armée quelconque 1 inférieure à l'ennemi 2 eft obligée de combattre en plaine rafe, elle peut employer la difpofition fuivante:

Pl. 3.

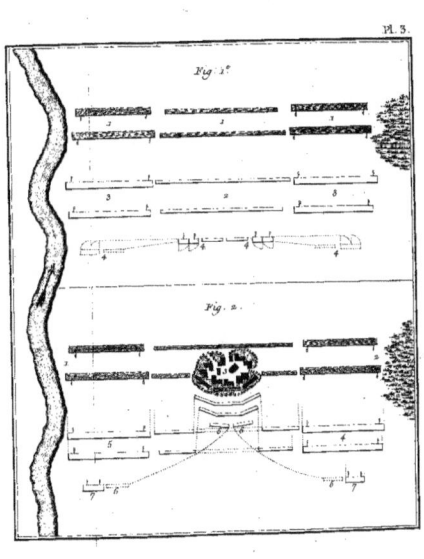

Fig. 1.

Fig. 2.

L'ennemi 2 étant supérieur en nombre, il est probable qu'il profitera de cet avantage pour entreprendre contre les flancs. Si l'on parvient à rendre cette attaque inutile, & à le contraindre à n'attaquer que de front, l'armée 1 combattra alors avec beaucoup moins d'inégalité qu'auparavant. On la rangera donc selon la coutume ordinaire, & on couvrira les flancs de l'infanterie avec quelques bataillons 3 ; des escadrons de cavalerie 4 & de dragons 5 soutiendront les aîles, & une réserve d'infanterie 6 le centre. On doit s'il est possible assûrer les flancs de la cavalerie par des arbres renversés 7 ou des chariots, derrière lesquels on dispose de l'infanterie 8 pour les défendre.

Lorsque l'ennemi 9 attaquera les flancs, la cavalerie 10 & 4 le recevra de front, tandis que les dragons 5 essaieront de le prendre en flanc & par derrière. Si les aîles de l'ennemi sont battues, on se précautionne seulement alors contre les entreprises de son centre.

La disposition & les manœuvres qu'on vient de détailler, me paraissent les seuls moyens de rectifier les défauts de l'ordre parallèle : elles firent remporter à Cyrus roi de Perse, la victoire de Thimbrée sur

l'armée des Lydiens qui était très fupérieure à la
fienne (*n*).

2. *Si l'on eft obligé de recevoir la bataille fur un
terrein où on a fes deux aîles* 1, 2 *appuyées, & un
village* 3 *au centre, on s'y difpofera ainfi :*

Le village fe trouvant au centre du terrein deftiné
à être le champ de bataille, on doit le regarder
comme un pofte de la dernière importance. On
le couvrira donc par des retranchements 4 (*o*),
& de manière que l'artillerie 5 rafe le front des
aîles, & prenne en flanc les troupes de l'ennemi fi
elles viennent les attaquer. Il faut en outre garnir
le retranchement d'infanterie 6, en placer d'autre 7
en réferve (*p*) derrière le village, pour foutenir
ou remplacer les troupes qui le défendent, &

_____

(*n*) Voyés la Cyropédie de Xénophon livre VII article 1, & la
page 118 du tome I du Cours de tactique de M. de Maizeroi, qui a
débrouillé cette ancienne bataille avec beaucoup de fagacité.

(*o*) Si l'on n'a pas le temps de retrancher le village, on poftera
beaucoup d'infanterie dans les haies & dans les maifons qui s'en
trouveront les plus proches. Il faudra alors faire foutenir ou remplacer
fur le champ par des troupes fraîches 7 celles que l'ennemi maltraitera.

(*p*) On peut la ranger en ligne ou en colonne. Cette dernière
difpofition paraît beaucoup plus propre que l'autre à faire filer des
troupes dans le village s'il en eft befoin.

partager

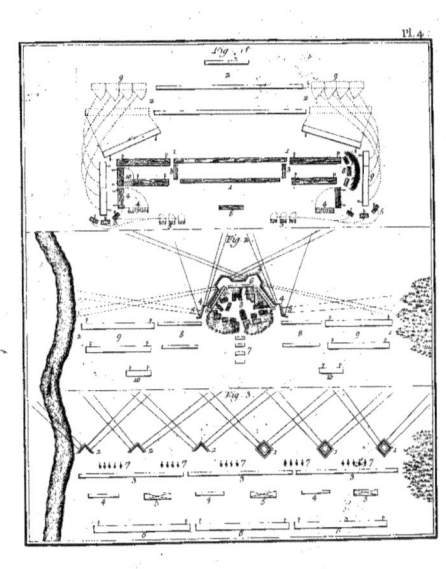

Pl. 4.

partager enfuite à droite & à gauche de ce pofte le refte de l'infanterie 8, & toute la cavalerie 9, en obfervant de faire foutenir les aîles par des réferves 10.

3. *Si une armée doit combattre fur un terrein où* *fes aîles puiffent être appuyées, que le front foit* *totalement dégarni, & qu'elle ait le temps de fe* *retrancher;* il faudra élever fur le front des redoutes 1 ou des redents 2 dont le feu fe croife. Les redoutes ou redents feront garnis d'infanterie & de canon. L'on difpofera une ligne d'infanterie 3 pour en défendre les efpaces intermédiaires. Quelques corps d'infanterie 4 & de cavalerie ou de dragons 5 formeront la feconde ligne. La cavalerie 6 foutiendra le tout, & l'artillerie 7 fera plàcée entre les redoutes ou les redents.

4. La difpofition de l'armée combinée de France & de Bavière, & celle des Alliés à la feconde bataille d'Hochftet (*q*), étaient dans l'ordre pàrallèle.

(*q*) Dans la première bataille de ce nom donnée le 30 feptembre 1703, le comte de Stirum qui commandait les Impériaux fut défait par l'armée combinée de France & de Bavière, aux ordres de l'Électeur, ayant fous lui le maréchal de Villars.

I

Les armées combinées de France 1 & de Bavière 2 (r) : la première commandée par le maréchal
de Tallard, & la seconde aux ordres de l'Électeur,
ayant ſous lui le maréchal de Marſin, furent rangées
derrière les villages de Bleinheim 3 & d'Oberklau 4,
la droite près du Danube 5, & la gauche s'étendant
juſqu'au village de Lutzignen 6 où elle était
appuyée. Un ruiſſeau marécageux & embaraſſé de
beaucoup de joncs & de haies qui le bordaient
des deux côtés coulait en avant des villages. Les
Français avaient la droite, & étaient moins éloignés
du ruiſſeau que les Bavarois qui occupaient la
gauche (s). Quoique les deux armées fuſſent réunies,
elles campaient ſéparément, de ſorte que la cavalerie 7 de la gauche des Français & celle 8 de la
droite des Bavarois en formaient le centre. On plaça

(r) Elles montaient à environ 70000 hommes.

(s) Le marquis de Feuquière prétend au contraire page 357 du
tome III de ſes Mémoires, que la droite des armées combinées
de France & de Bavière était plus éloignée du ruiſſeau que leur
gauche, ce qui eſt contraire à tout ce que rapportent les auteurs
qui ont parlé de la ſeconde bataille d'Hochſtet. Voyés entr'autres
l'Hiſtoire militaire de Louis le grand par le marquis de Quinci,
tome IV page 272.

27 bataillons & 12 efcadrons de dragons dans le village de Bleinheim, & l'Électeur de Bavière mit auffi la meilleure partie de fon infanterie dans Oberklau 5 & dans Lutzignen 6. 90 pièces de canon 9 furent rangées fur le front des deux armées.

L'armée des Alliés aux ordres du prince Eugène de Savoie & du duc de Marlboroug, compofée d'Impériaux, d'Anglais & d'Hollandais (t) avait fa gauche 10 appuyée au Danube, fa droite derrière un bois 11, & fon front couvert par le ruiffeau & les haies dont on a parlé plus haut. Une réferve 12 d'infanterie & de cavalerie foutenait le centre.

Le prince Eugène & le duc de Marlboroug voyant que les armées combinées étaient trop éloignées du ruiffeau pour en défendre le paffage, réfolurent de le traverfer & de les venir attaquer dans leur camp. La veille de la bataille (u) ils poftèrent dans le bois 11 qui couvrait leur droite,

---

(t) Elle était à peu près de même force que celle des Français & des Bavarois.

(u) Le 12 août 1704.

I 2

un corps d'infanterie 13 pour affûrer les mouvements de cette aîle (*v*) qui eut ordre d'occuper une nouvelle pofition 14, & de s'approcher du ruiffeau.

Le duc de Marlboroug fit attaquer deux moulins 15, 16 & quelques maifons du hameau d'Onderklau 17 que les Français abandonnèrent après une faible réfiftance & y avoir mis le feu. Les Anglais l'éteignirent & occupèrent auffitôt ces poftes. Pendant ce temps là plufieurs bataillons des Alliés foutenus par une ligne d'infanterie 18 & plufieurs autres de cavalerie 19, pafsèrent le ruiffeau & chargèrent ce qu'ils avaient en tête. L'objet de cette attaque qui occupait prefque tout le terrein entre les villages, était d'empêcher les troupes poftées dans Bleinheim 3 d'en fortir. Un corps 20 d'infanterie des Alliés fe préfenta devant Oberklau 4, & fut prefqu'entièrement détruit par les troupes qui le défendaient. Le prince Eugène ayant traverfé le ruiffeau fur plufieurs lignes d'infanterie 21 & de cavalerie 22, marcha contre les Bavarois 2

(*v*) Ceux du refte de leur armée étaient cachés par les haies qui bordaient le ruiffeau.

qui le repoufsèrent avec perte (x). Les Anglais attaquèrent une feconde fois Oberklau & ne purent l'emporter; mais ils fe maintinrent dans leur pofition, & mafquèrent ce pofte auquel il fût déformais impoffible de protéger par fon feu comme auparavant le centre des armées combinées. Tandis que le prince Eugène en combattait défavantageufement la gauche, le maréchal de Tallard chargea les Anglais avec fuccès. Le duc de Marlboroug les ayant rallié, regagna non feulement le terrein qu'ils avaient perdu; mais parvint encore à repouffer la cavalerie Françaife malgré l'infanterie (poftée dans Bleinheim 3) qui faifait un feu très vif fur le flanc de fes troupes. Le maréchal de Tallard prit alors le parti de méler avec fa cavalerie l'infanterie 23 qu'il avait rangée dans la plaine & chargea auffitôt l'ennemi. Il eut d'abord l'avantage; mais les Alliés ayant fait un nouvel effort, la cavalerie ne pût y réfifter (y) & abandonna l'infanterie qui fut taillée

---

(x) Tandis que le prince Eugène attaquait de front les Bavarois, il fit tourner leur flanc gauche; mais il fe trouva couvert par des troupes qui bordaient un chemin qui régnait de ce côté.

(y) Partie de la cavalerie prit la fuite, & le refte fe replia à droite & à gauche.

en pièces. Cette défaite du centre y caufa un vide que le duc de Marlboroug remplit auffitôt avec des troupes. Le maréchal de Tallard s'étant alors avancé pour effayer de retirer l'infanterie & les dragons poftés dans Bleinheim fut fait prifonnier. L'Électeur & le maréchal de Marfin qui venaient de repouffer le prince Eugène pour la cinquième fois, voyant l'armée percée au centre firent leur retraite. Les troupes qui défendaient Oberklau & Lutzignen fe fauvèrent. Les Alliés bloquèrent celles de Bleinheim & elles mirent bas les armes.

Les Français eurent felon le marquis de Quinci (χ) 6000 hommes tués & 8000 bleffés. On leur fit beaucoup de prifonniers.

Cette victoire coûta aux Alliés environ 5000 hommes tués, 7000 bleffés, & foumit toute la Bavière à l'Empereur.

Remarques. Il ferait injufte d'attribuer la perte de la feconde bataille d'Hochftet aux troupes : elles fe battirent avec le plus grand courage. Ce défaftre

_____

(χ) Pages 284 & 285 du tome IV de l'Hiftoire militaire de Louis le grand.

Pl. 5

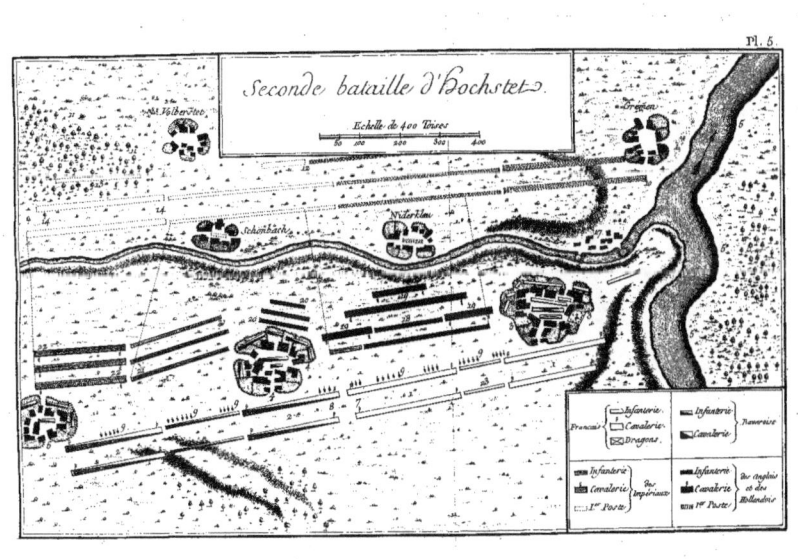

Seconde bataille d'Hochstet.

Echelle de 400 Toises

ne peut donc retomber que fur les généraux, dont la difpofition était très mauvaife.

Voici les fautes qu'ils commirent :

1. Ils négligèrent de faire reconnaître les démarches de l'ennemi, & n'eurent aucune connaiffance des précautions préliminaires que prirent les Alliés pour paffer le ruiffeau; de forte qu'ils n'éprouvèrent d'autre réfiftance que quelques coups de canon.

2. Ils rangèrent pour combattre, les troupes dans l'ordre où elles étaient campées.

3. Ils rendirent inutile prefque toute l'élite de l'infanterie en la poftant dans les villages. Cette difpofition était d'autant plus bizarre, qu'ils fe trouvaient trop diftants les uns des autres pour que le feu des troupes qu'ils contenaient pût fe croifer.

4. L'armée fut trop éloignée du ruiffeau, ce qui favorifa beaucoup le paffage des Alliés.

5. On ne changea pas la difpofition lorfqu'on vit qu'ils le voulaient traverfer.

6. Quand ils furent au delà, on les laiffa tranquillement fe mettre en bataille (&).

(&) Il fallait les charger lorfqu'ils n'avaient que peu de troupes au delà du ruiffeau : on les eût probablement renverfés, vû le petit

7. Lorſque le centre des armées combinées fut diſſipé, l'Électeur & le maréchal de Marſin ne firent pas charger en flanc par les troupes de leur droite celles des ennemis qui avaient dépaſſé les villages. Cette manœuvre facile à imaginer & encore plus à exécuter, ſuffiſait pour arrêter les Alliés, & faciliter à l'armée du maréchal de Tallard, les moyens de ſe rallier & de revenir à la charge.

8. Enfin l'Électeur & le maréchal de Marſin en ſe retirant, abandonnèrent à l'ennemi l'infanterie & les dragons poſtés dans Bleinheim ſans faire la moindre tentative pour les ſauver.

Quoique la diſpoſition des armées combinées fût contraire dans preſque tous ſes points aux règles de la guerre, il était cependant fort aiſé d'en rectifier les fautes capitales, & de repouſſer les Alliés au delà du ruiſſeau au moyen d'un mouvement très ſimple : c'était de tirer de Bleinheim les 27 bataillons & les 12 eſcadrons de dragons qu'on y avait entaſſés. Ces troupes en filant par leur gauche ſe feraient déployées entre Bleinheim & Oberklau,

---

nombre de leur infanterie & de leur cavalerie qui ſe trouvait alors du côté des Français.

&

Pl. 6.

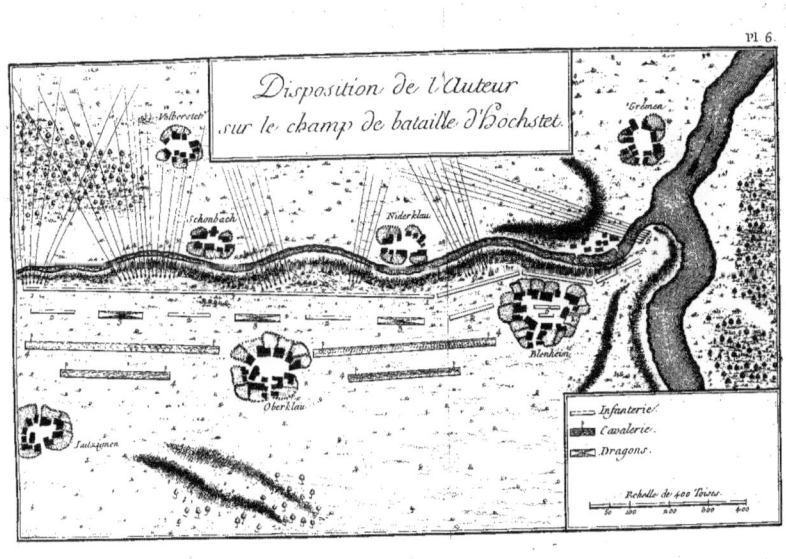

Disposition de l'Auteur sur le champ de bataille d'Hochstet.

Infanterie.
Cavalerie.
Dragons.

Echelle de 400 Toises.

& fe fuffent enfuite approchées du ruiffeau (*a*). Cette infanterie foutenue par toute la cavalerie du centre, fuffifait pour s'oppofer aux entreprifes des Alliés dans cette partie. Il fallait employer les 12 efcadrons de dragons à former une réferve derrière l'infanterie. Les Bavarois devaient auffi border le ruiffeau après avoir fait fortir d'Oberklau les troupes deftinées à le défendre.

Cet arrangement qui ne pouvait être long à faire, eût fans doute ôté aux ennemis l'envie de combattre; car ils ne fe déterminèrent à livrer la bataille qu'après avoir reconnu les vices de la difpofition des armées combinées.

Voici une difpofition qu'elles auraient pû je crois employer avec fuccès. C'était de border le ruiffeau avec de l'infanterie 1, placer derrière une ligne compofée d'infanterie 2 & de dragons 3, & faire foutenir le tout par la cavalerie 4. Un corps d'in-fanterie 5 pofté dans Bleinheim eût fervi de réferve à l'aîle droite. Il fallait établir l'artillerie 6 dans les

PLANCHE

6.

(*a*) On pouvait pour exécuter ce mouvement avec plus de fûreté, le couvrir avec une ligne de la cavalerie du centre qui aurait bordé le ruiffeau jufqu'à ce que la difpofition eût été finie.

K

finuofités du ruiffeau & aux endroits où l'ennemi pouvait le traverfer avec moins de difficulté.

5. *Si une armée doit combattre ayant fa droite appuyée à une rivière* 1, *fa gauche à un marais* 2, *& des étangs* 3, 4 *vers le centre, on la difpofera comme il fuit :*

La droite compofée d'infanterie 5 & de cavalerie 6 fera poftée entre l'étang 3 & la rivière 1. Un corps d'infanterie 7 appuîra fa droite & fa gauche aux étangs 3, 4. Deux lignes d'infanterie 8 & de cavalerie 9 formeront la gauche de l'armée qu'on fera foutenir par une réferve d'infanterie 10 & de cavalerie 11. On difpofera l'artillerie 12 de manière que fon feu fe croife en avant du front des troupes.

6. *Je fupofe qu'une armée foit obligée de combattre fa droite appuyée à une rivière* 1, *fa gauche à un marais* 2, *& au centre un village* 3 *qui donne au champ de bataille la forme d'un angle, on la difpofera ainfi :*

Le village 3 étant un point d'appui pour le centre, on ne peut le retrancher avec trop de foin, ou au moins le garnir d'une quantité fuffifante d'infanterie 4 pour le bien défendre.

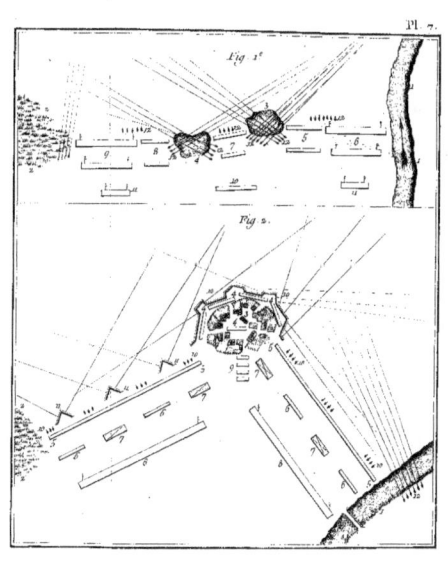

Pl. 7.

Fig. 1.ᵉ

Fig. 2.

L'infanterie 5 foutenue par une feconde ligne compofée d'infanterie 6 & de dragons 7 fera difpofée à droite & à gauche du village. On rangera la cavalerie 8 en troifième ligne, & une réferve d'infanterie 9 renforcera s'il eft néceffaire les troupes qui défendent le village.

On placera de l'artillerie 10 dans le village & fur le front de la première ligne. On doit s'attacher fi on en a le temps à rendre inattaquable une des aîles de l'armée en élevant fur fon front quelques redents 11 dont les feux fe croifent, ou bien fi l'on a un pont fur la rivière, on établira au delà une batterie 12 qui prenne en flanc les attaques que l'ennemi pourrait tenter contre l'aîle droite.

7. L'armée Françaife combattit à la bataille de Fontenoi fur un terrein peu différent de celui qu'on vient de fupofer.

Le maréchal de Saxe ayant appris que l'armée des Alliés (b) s'avançait pour faire lever le fiége de

Bataille de Fontenoi.
Planche
8.

___

(b) On y comptait 20 bataillons & 26 efcadrons Anglais, 5 bataillons & 16 efcadrons Hanovriens, 26 bataillons & 40 efcadrons Hollandais, & 8 efcadrons Autrichiens. Le duc de Cumberland commandait les Anglais & les Hanovriens, le prince de Waldeck les Hollandais, & le feld maréchal de Konigfeg les Autrichiens.

Tournai, réfolut d'aller l'attendre au village de
Fontenoi. Le champ de bataille qu'il avait choifi
s'étendait depuis le bois de Barri 1 jufqu'à Fontenoi 2, & depuis ce village jufqu'à celui d'Antoin 3
fitué fur la rive droite de l'Efcaut 4. Le général
Français fit retrancher Fontenoi & Antoin (c), &
élever trois redoutes 5, 6, 7 entre ces villages. Deux
autres redoutes 8, 9 furent conftruites à la pointe
du bois de Barri, d'où régnait un ravin profond 10
jufqu'au deffus de Fontenoi, & un autre ravin 11
s'étendait de ce village jufqu'à Antoin (d). L'armée
Françaife était plus nombreufe que celle des Alliés.
Elle fut rangée comme il fuit : on pofta deux
bataillons dans les redoutes des bois de Barri 8, 9,
quatre dans Fontenoi 2, trois dans les redoutes 5, 6, 7
élevées entre Fontenoi & Antoin 3, & quatre dans
ce dernier village. Trois bataillons 12 foutenaient
Fontenoi. Une ligne d'infanterie 13 remplit l'efpace

(c) Les retranchements de ces villages étaient peu confidérables.
Un officier témoin oculaire m'a dit plufieurs fois que le foffé qui
environnait Fontenoi n'avait que 3 piés de profondeur fur 4 de
largeur.

(d) Il était très creux auprès de Fontenoi & d'Antoin; mais il
devenait praticable entre ces villages.

entre ce village & la première redoute 8 du bois
de Barri. A gauche de cette infanterie on en trouvait
d'autre 14. Deux lignes de cavalerie 15, 16 sou-
tenaient les troupes 13, 17 destinées à défendre la
trouée. Une ligne composée d'infanterie 18 & de
dragons 19 fut placée derrière les redoutes entre
Fontenoi & Antoin. La maison du roi 20 & quelques escadrons 21 étaient en réserve. L'artillerie 22
fut répartie dans les villages, les redoutes & sur
le front de la première ligne. Le maréchal de
Saxe fit jetter au dessous du village de Calonne
un pont 23 sur l'Escaut, au delà duquel on établit
une batterie 24. Plusieurs bataillons gardèrent le
retranchement 25 élevé à la tête du pont.

L'infanterie des Anglais & des Hanovriens se
forma sur deux lignes 26 vis-à-vis de la trouée & du
bois de Barri. Leur cavalerie 27 fut placée derrière
l'infanterie. Les Hollandais ayant leur droite 28
près de la gauche des Hanovriens, & leur gauche 29
entre Antoin & Piéronne, faisaient face au premier
de ces villages & aux redoutes élevées près de
Fontenoi.

Après une canonade qui dura deux heures avec
la plus grande vivacité, l'infanterie Anglaise & une

partie de celle des Hollandais s'étant réunies 30,
attaquèrent trois fois Fontenoi sans pouvoir l'emporter. Les Hollandais se présentèrent à deux reprises
devant Antoin & furent repouffés. Le feu de ce
village, celui des redoutes & de la batterie placée
en delà de l'Efcaut, contint la cavalerie 31 de ces
derniers, & leur causa une perte très confidérable.

Le duc de Cumberland après avoir échoué devant
Fontenoi, envoya de l'infanterie 32 pour occuper
le bois de Barri & s'emparer des redoutes 8, 9.
L'officier chargé de cet ordre ayant rencontré dans
le bois quelques troupes couchées ventre à terre,
craignit de donner dans une embufcade & alla
demander de l'artillérie. Le duc de Cumberland
renonça alors à ce deffein & réfolut de pénétrer
entre Fontenoi 2 & les redoutes du bois de Barri.
Le feu qui partait du village & de la première
redoute 8 femblait rendre impoffible une pareille
réfolution. Il parvint cependant à pouffer l'infanterie 13 (e) qui bordait le ravin 10 & à le paffer.
Comme le front des Anglais était beaucoup plus
étendu que l'efpace compris entre Fontenoi & les

(e) Elle fe replia à droite & à gauche,

redoutes, partie de leur infanterie 3 3 marcha devant elle, & le reste 34 filant par les flancs se trouva former quand elle fut au delà du ravin une espèce de colonne ou de bataillon carré à centre vide (d'environ 14000 hommes) dont trois côtés feu-lement étaient garnis: savoir la tête & les flancs (f). Les Anglais précédés de six pièces de canon, & en ayant six autres au milieu de leurs rangs (g) dépassèrent Fontenoi & les redoutes du bois de Barri de 300 pas (h). Presque toute l'infanterie attaqua en détail & à divers reprises les flancs de la colonne & fut repoussée avec perte. La cavalerie s'avança ensuite & chargea plusieurs fois avec aussi peu de succès que l'infanterie. Ces tentatives qui durèrent plusieurs heures ne firent pas perdre un pouce de terrein à la colonne contre laquelle les troupes

---

(f) Si le lecteur desire connaître dans un plus grand détail les différentes positions de l'armée Française & de celle des Alliés dans cette bataille, il peut avoir recours aux 6ᵉ 7ᵉ & 8ᵉ planches du tome II de l'Histoire du maréchal de Saxe donnée en deux volumes *in*-4° par M. le baron d'Espagnac.

(g) Ils avaient traîné cette artillerie à bras.

(h) L'infanterie qui se trouva postée près de Fontenoi & de la première redoute 8 du bois de Barri tua beaucoup de monde aux Anglais lorsqu'ils avancèrent pour les dépasser.

Françaises venaient échouer fucceſſivement. Le maréchal de Saxe voyant qu'une telle efcarmouche ne
décidait rien, qu'on y perdait beaucoup de monde,
& que le gain de la bataille dépendait d'une attaque
générale & bien concertée, fe mit enfin en devoir
de la tenter (*i*). On pointa d'abord contre les
Anglais quatre pièces de canon qui emportèrent
des rangs entiers. La maifon du roi & pluſieurs
efcadrons de cavalerie d'élite attaquèrent enfuite
la colonne de front; l'infanterie la prit en flanc
& s'y fit jour à coups de baïonette, de forte que
toute cette maffe fut prefque anéantie en fept ou
huit minutes. Ce qui s'en fauva entraîna un corps
d'infanterie qui venait la fecourir, & la cavalerie qui
était reftée en arrière durant l'action. Les Anglais
fe ralièrent à quelque diſtance du ravin & firent
leur retraite. Les Hollandais fe retirèrent auſſi de
leur côté.

Les Alliés perdirent environ 15000 hommes
tués, bleffés ou prifonniers, 40 pièces de canon

(*i*) On envoya alors ordre aux troupes qui défendaient Antoin
d'en fortir. Les Hollandais fe mirent en devoir de s'emparer de ce
pofte; mais on fe hâta de le réoccuper dès qu'on fe fut apperçu de
leur deſſein.

&

Pl. 8

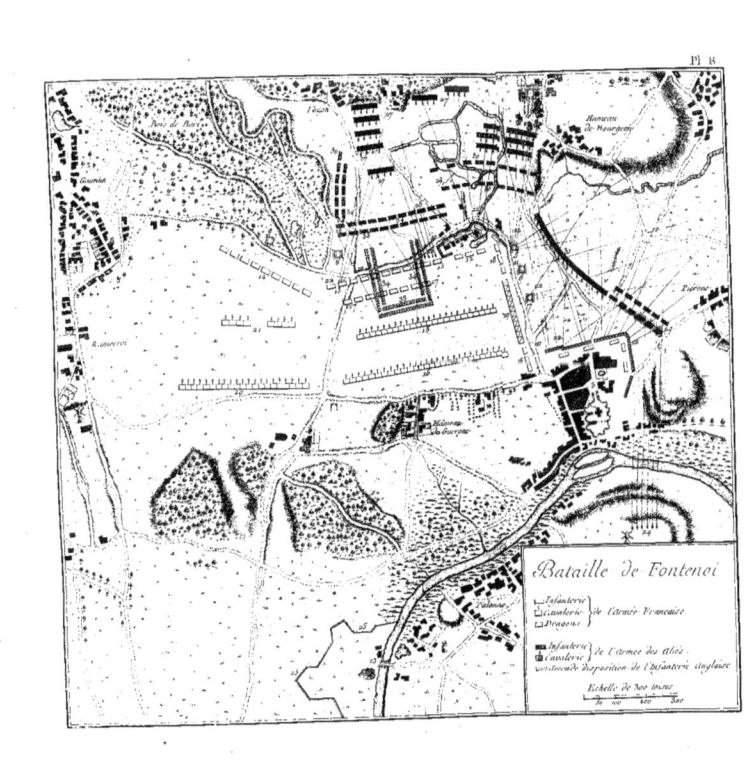

Bataille de Fontenoi

& 150 chariots presque tous chargés de munitions de guerre. La victoire coûta aux Français près de 6000 hommes tués ou blessés.

Remarques. Lorsque le maréchal de Saxe livra la bataille de Fontenoi, il était malade (*k*), & l'état de faiblesse dans lequel il se trouvait, ne lui permit pas d'agir comme s'il eût joui de toute sa tête; il fit même alors au delà de ses forces, & prouva ce que peut une grande âme quoique dans un corps débile.

1. Ce général convint de n'avoir pas assés fortifié & garni de troupes l'espace compris entre Fontenoi & le bois de Barri (*l*); cette première faute pensa causer la perte de la bataille : nous avons vû que les Anglais y pénétrèrent.

***

(*k*) Il était dans le fort d'une hydropisie : on lui avait fait la ponction quelques jours avant la bataille.

(*l*) Le maréchal de Saxe en rendant compte au roi après la bataille, lui dit : *Sire, il faut que j'avoue que je me reproche une faute. J'aurais dû mettre une redoute de plus entre le bois de Barri & Fontenoi; mais je n'ai pas cru qu'il y eût des généraux assés hardis pour hazarder de passer en cet endroit.* (Voyés le Précis du siècle de Louis XV par M. de Voltaire, chapitre 15). Le maréchal de Saxe oublia donc alors qu'il faut toujours supofer l'ennemi habile & audacieux.

L

2. On ne renforça point l'infanterie qui bordait le ravin lorfqu'on s'apperçut que les Alliés voulaient le traverfer (*m*).

3. Enfin on différa trop l'attaque générale contre la colonne des Anglais; ce qui fit tuer inutilement beaucoup de monde dans les charges particulières que l'infanterie & la cavalerie tentèrent (*n*).

Voici les fautes que commirent les Alliés :

1. Les Anglais voulant traverfer le ravin devaient difpofer les troupes qu'ils y deftinaient de manière qu'elles puffent fe développer aifément au delà; ils n'en firent rien; de forte qu'il leur fut impoffible de mettre leur infanterie en ligne (*o*); ce qui les

---

(*m*) On ne peut alléguer qu'il était impoffible de prévoir leur deffein & de les arrêter, puifqu'ils firent toutes les difpofitions néceffaires pour paffer le ravin à la vue de l'armée Françaife.

(*n*) J'ai lû quelque part que les différentes charges de cavalerie contre l'infanterie Anglaife avaient pour objet de l'empêcher d'avancer; mais cette raifon me paraît mauvaife, attendu que ces charges durèrent plufieurs heures, ce qui augmenta beaucoup la perte des hommes. Il fallait fe déterminer à une attaque générale dès que les Anglais eurent pénétré, & on en aurait eû d'autant meilleur marché dans ce moment, qu'ils étaient encore défordonnés par le paffage du ravin.

(*o*) Si la colonne des Anglais quoique formée fans deffein avait eû fur fes flancs de la cavalerie pour la foutenir & la protéger,

priva de l'avantage de prendre à revers Fontenoi &
les redoutes du bois de Barri (*p*).

2. La cavalerie des Anglais devait fuivre l'infanterie dans fes mouvements & fe porter comme
elle au delà du ravin pour la feconder.

3. Les Hollandais devaient de leur côté s'a-
vancer entre Antoin & les redoutes élevées près de
Fontenoi, & venir donner la main aux Anglais (*q*).
Les troupes qui bouchaient la trouée étaient trop
faibles pour leur réfifter ; d'ailleurs il ne fallait

---

on n'aurait pû l'enfoncer, ou du moins il eût été fort difficile d'y
réuffir.

(*p*) Si la colonne Anglaife fe fût déployée, & fi les troupes qui la
compofaient euffent appuyée leur droite à la redoute 8 & leur gauche
à Fontenoi, la bataille était évidamment perdue pour les Français.
Mais, dira-t-on, il fallait avant cela que les Anglais s'emparaffent de
ces deux poftes (à quoi ils ne réuffirent pas) afin de s'y appuyer
enfuite. On peut répondre à cette objection : 1° que la redoute 8
était facile à emporter puifqu'on y manquait de boulets, & que
l'artillerie continua de tirer à poudre pour en impofer à l'ennemi;
2° que les Anglais étaient maîtres de Fontenoi s'ils l'euffent pris
à revers.

(*q*) Les Hollandais manquèrent de réfolution & de conduite ; ils
voulurent il eft vrai feconder les Anglais ; mais les troupes 9 qu'ils
avaient en face ayant fait mine de marcher à eux ils renoncèrent à
leur deffein.

L 2

pas plus d'audace pour paſſer entre Antoin & les
redoutes de Fontenoi que pour traverſer l'eſpace
défendu par le canon de ce village & la première
redoute du bois de Barri. Les Anglais eurent en
outre à combattre la meilleure infanterie de l'armée
Françaiſe.

Si les Hollandais euſſent trouvé cette tentative
trop périlleuſe, ils pouvaient encore laiſſer quelques
troupes pour amuſer celles qu'ils avaient en tête,
& aller ſeconder les Anglais, en faiſant un détour
avec le reſte.

La défaite des Anglais prouve que l'infanterie
rangée en gros corps ou en maſſe n'eſt pas fort
redoutable; & lorſqu'on voudra en avoir raiſon,
on ne peut mieux faire que d'imiter la conduite
tenue à leur égard.

Examinons préſentement s'il n'était pas poſſible
de faire ſur le terrein de Fontenoi une diſpoſition
beaucoup plus formidable que celle qu'on y employa.

PLANCHE   L'eſpace compris entre Fontenoi & le bois de
9.   Barri n'étant pas aſſés défendu, il fallait y élever un
redent 1, y poſter de l'infanterie 2 avec du canon,
& remplir avec de l'infanterie 3 rangée au moins

fur deux lignes le terrein compris entre les flancs de ce redent & Fontenoi 4, & la première redoute 5 du bois de Barri. Comme il était à craindre que l'ennemi ne fit un grand effort contre les redoutes 5, 6, on devait les joindre par un abatis 7; garnir l'abatis d'infanterie 8 & de quelques pièces de canon, & placer en potence derrière la feconde redoute quelques bataillons 9 couverts d'un abatis pour réfifter aux Alliés s'ils avaient tenté de tourner les redoutes (r). On eût difpofé un corps de cavalerie 11 depuis l'extrémité du dernier abatis jufque vers le grand chemin de Tournai à Leuze. L'infanterie 3 poftée à droite & à gauche du redent 1, celle 8 qui défendait les abatis faits entre les redoutes & le village de Fontenoi 4, devaient être foutenues par des réferves 12, 13.

Il était auffi très important de renforcer la difpofition de Fontenoi 4 à Antoin 14. On y eût donc élevé des redoutes 15 dans toute fon étendue, & difpofé pour les foutenir les dragons à pié 16 foutenus d'une réferve compofée d'infanterie & de cavalerie 17. Quelques bataillons 18 poftés derrière

_____

(r) On pouvait y joindre quelques pièces de canon 10.

Antoin auraient relevé ou renforcé les troupes qui
le défendaient.

La batterie 19 placée fur une hauteur au delà
de l'Efcaut ayant obligé, comme on l'a vû dans
la relation de la bataille, les Hollandais à renoncer
à l'attaque d'Antoin, on devait l'augmenter de
quelques pièces de canon, ce qui aurait rendu leur
perte beaucoup plus confidérable.

La cavalerie 20 devait être difpofée derrière
l'infanterie & à portée de charger l'ennemi s'il avait
pénétré.

On alléguera peut être que la difpofition que
je viens de propofer eût exigé plus de temps qu'on
ne pouvait y en employer ; mais je préviens cette
objection en obfervant que le maréchal de Saxe avait
choifi fon pofte plufieurs jours avant le combat,
qu'il fit en conféquence retrancher Fontenoi dès
le 7 Mai, & que la bataille ne fe donna que le 11
du même mois.

Il ferait fuperflu de s'étendre davantage fur les
difpofitions *Directes* ou *Parallèles ;* je finis donc ce

Pl. 9.

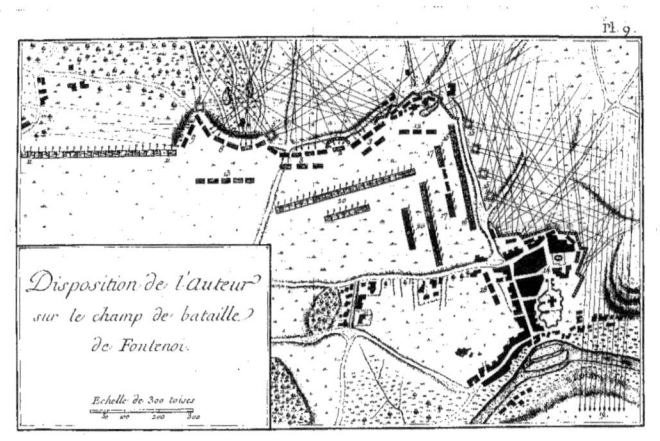

Disposition de l'auteur sur le champ de bataille de Fontenoi.

Echelle de 300 toises

chapitre par remarquer qu'elles font très défavanta-
geufes, à moins que le front n'en foit peu étendu,
& qu'on n'ait affés de troupes pour fe trouver en
force dans toutes les parties où l'ennemi peut fe
préfenter.

CHAPITRE CINQUIÈME.

De l'Ordre oblique.

ARTICLE PREMIER.

De l'Ordre oblique en général.

ON appelle *Ordre oblique* (s) ou fimplement *Oblique*, toute difpofition au moyen de laquelle on peut attaquer à volonté un ou plufieurs points

---

(s) L'ordre oblique eft le plus favant, le plus rufé & le plus parfait de tous les ordres. *C'eft celui*, dit Folard, *contre lequel un général quelqu'habile qu'il foit n'a rien à oppofer, fi l'ennemi paraît tout d'un coup dans cet ordre; car pour y pouvoir réfifter, on ferait obligé à des mouvements qu'il eft impoffible de faire quand on a l'ennemi fur les bras; & ces mouvements demandent beaucoup de temps. Pour les faire, il faut tranfporter toute une droite à une gauche, ou toute une gauche à une droite.* Le même Auteur ajoute dans un autre endroit : *les difpofitions obliques, . . . ne font guère à la portée des génies médiocres, outre que les armées de ce temps ci ne font pas exercées aux évolutions générales. On a cependant grand tort de ne les y pas exercer.* Voyés la 20e page de la préface du tome IV & la 121e du tome III des Commentaires de Folard fur l'hiftoire de Polybe,

d'une

d'une armée quelconque (*t*), tandis qu'on tient les autres en échec, & que les troupes avec lesquelles on ne combat pas, sont disposées obliquement en totalité ou en partie, & hors de portée des entre-prises de l'ennemi.

L'ordre oblique est la ressource des faibles. Son principal avantage consiste en ce qu'on peut choisir un point d'attaque à son gré & rendre inutile la supériorité de l'ennemi (*u*). Le roi de Prusse actuellement régnant (*v*) est celui des modernes qui connaît le mieux les principes & les propriétés de l'oblique. Ce prince l'a fait exécuter dans ses camps

---

(*t*) On renforce ordinairement autant qu'il est possible les parties avec lesquelles on attaque, parce qu'on a pour objet de faire avec elles un grand effort. Il faut observer de n'affaiblir celles qui ne doivent pas combattre qu'en raison de l'éloignement où elles se trouvent de l'ennemi.

(*u*) Une armée quelconque qui est obligée d'en combattre une autre supérieure en nombre doit faire enforte de la déborder à une de ses aîles, & de se trouver en force dans tous les points contre lesquels on peut entreprendre. Si elle parvient à remplir ces deux objets, il est évident qu'en refusant le reste de ses troupes, elle établit une forte d'égalité entre elle & l'ennemi, auquel la plus grande partie de son armée devient inutile.

(*v*) Frédéric II surnommé *le Grand*.

M

de paix, en a démontré le méchanisme à ses généraux, & s'est frayé par là le chemin du grand nombre de victoires qu'il a remportées (*x*). L'oblique peut s'employer contre la droite, la gauche ou le centre de l'ennemi, ou contre les parties intermédiaires de ces points (*y*). Le grand art dans une disposition oblique consiste à masquer son dessein, de manière que l'ennemi craignant également pour tous les points de son armée n'en dégarnisse aucun pour renforcer ceux qu'on veut attaquer (*z*).

_____

(*x*) Personne n'a fait jusqu'ici un usage aussi fréquent de l'oblique que le roi de Prusse. On la trouve dans presque toutes les batailles qu'il a livrées. La manière dont il l'emploie est expliquée dans une note de l'article XXII de l'Instruction militaire pour ses généraux.

(*y*) L'effort d'une disposition oblique se fixe ordinairement contre l'une ou l'autre aîle; il est rare que ce soit contre les parties intermédiaires. Quand on se propose de tomber sur une aîle de l'ennemi, on doit faire ensorte de la déborder & de la prendre en flanc & par derrière. Si l'on est soi même débordé, il faut lui en imposer par le dispositif & prendre toutes les précautions nécessaires pour garantir cette aîle de ses entreprises.

(*z*) Le moyen de faire échouer une attaque oblique est de prendre une disposition contraire à celle de l'ennemi, & d'avoir une réserve d'infanterie ou de cavalerie prête à renforcer la partie qu'il attaquera. Il est fort avantageux d'employer l'oblique contre une armée postée : on ne craint pas alors d'être prévenu.

Quelqu'inférieur que foit un général, il ne court jamais rifque d'être entièrement défait s'il combat fur une difpofition oblique ; car n'abordant pas tout le front de l'ennemi , ou le fien ne devant l'être qu'en partie (&), il eft certain que les deux armées ne peuvent fouffrir que dans les endroits qui fe joindront.

On diftingue deux fortes d'oblique : la première eft l'*oblique proprement dite* ou *de principe ;* & la feconde l'*oblique de circonftance.*

Il eft à remarquer qu'une difpofition oblique quelconque eft en même temps offenfive & défenfive; car on attaque l'ennemi avec une ou plufieurs parties de l'armée tandis qu'on lui refufe les autres.

(&) Il réfulte de ceci que quiconque eft expofé à combattre avec une armée inférieure en nombre ou en qualité, doit fe pofter de manière qu'on ne puiffe fe joindre fur tout fon front. Une telle pofition met à l'abri d'une défaite totale ; mais auffi elle prive de l'avantage de ruiner l'armée ennemie, à moins que fes efforts ne viennent échouer fucceffivement contre les parties où elle a formé des attaques.

ARTICLE SECOND.

De l'Oblique de principe.

ON appelle *Oblique de principe* celui dans lequel
on est précisément rangé obliquement au front de
l'ennemi. On peut comprendre encore à la rigueur
sous cette dénomination, toute disposition parallèle
au front de l'ennemi, & dont on lui refuse une ou
plusieurs parties. Par exemple, le quatrième & le
cinquième ordres de bataille proposés par Végèce
sont obliques, parce que le centre reste éloigné de
l'armée qu'on attaque, tandis que les deux aîles
avancent pour la charger (*a*).

SECTION PREMIÈRE.

Manière de former l'Oblique de principe.

ON peut prendre une disposition oblique quelconque de deux façons : la première en déployant

_____

(*a*) Voyés la quatrième & la cinquième dispositions proposées
par Végèce, page 55 de cet Ouvrage.

les colonnes, & la feconde en partant de l'ordre
direct (*b*). Cette première méthode de former
l'oblique n'étant qu'un fimple développement de
colonne & dépendant de la tactique élémentaire,
il n'en fera point queftion ici.

L'oblique de principe fe forme de deux manières:
la première par un mouvement de converfion, &
la feconde par *échellons*, ou ce qui eft la même
chofe, par de fimples mouvements en avant.

1ᵉ MANIÈRE. Si l'on veut attaquer obliquement
une partie quelconque de l'ennemi 1, par exemple
fa gauche 2, on y procédera comme il fuit:

La droite 3 qui fera renforcée joindra par un
mouvement de converfion 4 la gauche 2 de l'ennemi, tandis que le centre 5 & la gauche 6 refteront
éloignés & le tiendront en échec.

On fent combien une pareille manœuvre eft
lente & difficile à exécuter régulièrement (*c*).

PLANCHE
10.

Figure 1.

(*b*) Chaque fois qu'il fera queftion dans la fuite de cet article de
former une difpofition oblique, on fupofera toujours que l'on part
de l'ordre direct, & fi on négligeait de le rappeller, le lecteur
regardera cet avertiffement comme fous entendu.

(*c*) Cette raifon empêche de pouvoir exécuter en bataille prefque
toutes les manœuvres obliques que propofe Végèce, (& que j'ai

Une troupe peu nombreuse fait un mouvement de
conversion tant bien que mal ; mais les difficultés
de cette manœuvre croissant en raison de l'étendue
du front des troupes (*d*), que serait-ce si l'on voulait
que des armées aussi nombreuses qu'elles le sont
de nos jours prissent une direction oblique par un
mouvement de conversion? D'ailleurs si le terrein
est coupé de fossés ou de haies, la manœuvre est
interrompue à chaque instant, & ces délais peuvent
donner à l'ennemi le loisir de faire les dispositions
convenables pour s'opposer à vos desseins, ou même
pour attaquer l'armée lorsqu'elle sera occupée à
surmonter ces obstacles.

---

rapportées page 53 de cet Essai); les mouvements deviendraient
trop longs, & donneraient à l'ennemi le temps de faire ses dispositions
pour vous résister ou pour entreprendre contre les endroits dégarnis.

(*d*) Un mouvement de conversion d'une ligne entière n'est pas le
moyen le plus court pour lui faire changer de front. Il vaut mieux
la partager en plusieurs divisions, lesquelles après avoir fait le
mouvement de conversion nécessaire, prendront l'allignement pres-
crit. Les troupes seront alors formées dans l'ordre requis dans le
moindre espace de temps possible; car si l'on additionne la valeur de
toutes les portions de cercle que les différentes divisions décriront,
la somme sera plus petite que l'étendue de l'arc de cercle, que la ligne
entière aurait parcouru dans le cas où elle n'eût pas été rompue.

Cette manière de former l'oblique a encore un autre inconvénient, c'est que le canon 7 de l'ennemi peut enfiler une bonne partie du front 8 des troupes qui ne combattent pas, & leur caufer beaucoup de perte (e).

2ᵉ MANIÈRE. La feconde manière de prendre une direction oblique au front de l'ennemi eft par le moyen de l'échellon (f): on le forme comme il fuit :

PLANCHE
10.
Figure 2.

Si par exemple on veut attaquer avec la droite 1 la gauche 2 de l'ennemi, il faut partager les troupes en plufieurs divifions 3, 4, 5, 6. Les divifions 4, 5, 6 s'arrêteront à des points 7, 8, 9 qu'on aura déterminés, tandis que la première divifion 3 joindra la gauche 2 de l'ennemi & le chargera vivement.

Cette feconde manière de former l'oblique eft préférable à tous égards à la première; elle eft plus

─────────────────

(e) Il ne faut cependant pas inférer de ce que je viens de dire que cette oblique doive toujours être rejettée. On peut l'employer avec fuccès quand on attend l'ennemi, & lorfque le flanc des troupes les plus proches de lui eft bien couvert.

(f) On appelle *Oblique en échellons* celui dont chaque partie qui le compofe eft devancée d'un efpace quelconque par la précédente, à mefure qu'elle approche de celle qui doit attaquer.

fimple, d'une exécution plus facile, plus fufceptible
de manœuvres lorfque la difpofition eft formée,
& plus applicable à tous les terreins & à toutes
les circonftances. Elle a encore cet avantage que
l'ennemi 10 ne peut prendre en flanc une divifion
quelconque 4 fans s'expofer à y être pris lui même
par la fuivante 5 (*g*). On emploie encore la difpofition en échellon pour affûrer une aîle contre les
entreprifes de l'ennemi qui la déborde ; c'eft la
coutume du roi de Pruffe (*h*).

Soit qu'on forme l'oblique par un mouvement
de converfion ou par échellon (*i*), fon degré
d'obliquité doit fe règler non feulement fur le

(*g*) C'eft cependant une précaution fage de couvrir avec des
troupes 11 les flancs de la divifion qui attaque.

(*h*) *En cas que l'une des aîles ne fût pas appuyée*, dit ce prince
article XXII de l'Inftruction militaire pour fes généraux, *le général
qui commande la feconde ligne doit envoyer des dragons pour déborder
la première ligne fans en attendre l'ordre, & des huffards .... viendront
déborder les dragons.*

(*i*) Quand une ligne quelconque eft rangée obliquement par
échellons, on peut la former dans l'ordre parallèle au moyen d'un
mouvement en avant exécuté par chaque troupe qui n'eft pas allignée
avec la plus avancée.

nombre

nombre & la qualité des troupes de l'ennemi *(k)*;
mais encore fur la nature du terrein, ou ce qui eft
la même chofe, fur la protection qu'il peut donner
à une ou à plufieurs parties de la difpofition.

SECTION SECONDE.

Exemples d'Oblique de principe.

§ I.

Des attaques par les aîles.

Il eft beaucoup plus avantageux & plus décifif,
de battre les aîles *(l)* de l'ennemi que de percer
fon centre; car l'infanterie fe ralliant avec plus de
facilité que la cavalerie, elle peut rétablir aifément

(*k*) Plus la fupériorité de l'ennemi fera grande, & plus il faut
éloigner de lui les troupes qui ne doivent pas combattre.

(*l*) Dans les batailles en plaine le fuccès des aîles de cavalerie
décide ordinairement de celui de la journée; car lorfque les deux
aîles d'une armée font en déroute, fon infanterie eût-elle battu la
vôtre, elle peut être prife en flanc & à dos par la cavalerie victorieufe.
Une armée réduite à cette extrémité n'a guère d'autre parti à prendre
que de faire promptement fa retraite : en la différant, elle donnerait
le temps à l'ennemi de détacher un corps de troupes pour la lui
couper; ce qui l'expoferait à être détruite.

N

le combat pour peu qu'elle foit foutenue par la
feconde ligne ou les réferves. Cette raifon doit donc
toujours faire préférer à toutes les autres attaques
celles des aîles, à moins qu'elles ne foient tellement appuyées & défendues qu'on ne puiffe fans
témérité les tourner, les charger de front, ou former
contr'elles la plus petite entreprife.

I.

Exemples d'attaques par l'aîle droite.

PLANCHE
10.
Figure 3.

1. *Si l'on a deffein d'attaquer la gauche* 1 *de
l'ennemi* 2, & *d'entreprendre fur le flanc de cette
aîle, on y parviendra par les manœuvres fuivantes:*

Les divifions 3, 4, 5, 6 s'avanceront jufqu'aux
points 8, 9, 10, 11. Pendant ce mouvement les
troupes tirées des divifions 5, 6, 7 iront promptement renforcer la première, & former derrière une
troifième ligne 12, tandis que d'autres troupes 13
feront un circuit pour tomber fur le flanc gauche
de l'ennemi. Si l'on craint que le grand front de
celui ci l'engage à entreprendre contre la gauche,
on l'affûre par de petits corps 14, 15 difpofés eux
mêmes en échellons, ou bien on la fait reculer à
mefure qu'il approche.

Pl. 10

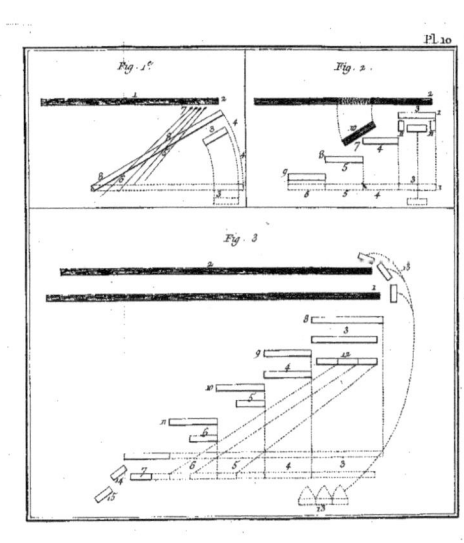

Fig. 1.

Fig. 2.

Fig. 3.

2. Alexandre le grand attaqua obliquement avec
sa droite les Perses à la bataille d'Arbelle.

L'armée Persanne 1 était disposée sur un front im-
mense entremellé d'infanterie & de cavalerie rangée
sur deux lignes dans quelques endroits, & par tout
sur une ordonnance très profonde.

Alexandre disposa d'abord son armée parallèlement à l'ennemi dans l'ordre suivant (*m*) :

L'infanterie partagée en huit sections fut formée
sur deux lignes : la première 2 était sur seize de
hauteur ; & la seconde 3 sur huit seulement (*n*).
La cavalerie 4 occupait la droite & la gauche de

(*m*) Arrian donne la description de cette bataille livre III, article 4 :
elle se trouve à la page 88 de la traduction de cet auteur donnée par
d'Ablancourt en 1664. M. de Guischard a inséré une relation de la
journée d'Arbelle dans le tome I des Mémoires militaires sur les
Grecs & les Romains, page 258 de l'édition *in*-8°. M. de Maizeroi
en parle aussi à la page 179 du tome I du Cours de tactique. Les
auteurs que je viens de nommer ayant décrit dans le plus grand détail
la bataille d'Arbelle, je n'en rapporte ici que les principales circonstances. J'ai cité les ouvrages qui en font mention, afin que le
lecteur puisse y recourir s'il le juge à propos.

(*n*) Cette seconde ligne devait s'opposer aux Perses en cas qu'ils
eussent pris les Macédoniens par derrière. Alexandre s'écarta alors de la
coutume des anciens, avec d'autant plus de raison que le grand nombre
des ennemis lui faisait appréhender cette entreprise de leur part.

N 2

l'infanterie. Alexandre voulant couvrir la droite &
le flanc de cette aîle contre la nombreufe cavalerie
de l'ennemi, plaça en potence prefqu'à l'extrémité
deux corps de cavalerie 5, 6 foutenus par une ligne
d'archers & d'autres troupes légères 7. Le roi de
Macédoine affûra la pointe & le flanc de l'aîle
gauche par deux lignes de cavalerie : la première 8
rangée un peu en avant, & la feconde 9 difpofée
en potence derrière l'aîle. Les archers 10 furent
répandus fur le front de la ligne.

Comme l'armée des Perfes était fort nombreufe (o),
elle débordait confidérablement les deux aîles de

(o) On ne peut déterminer le nombre des troupes de Darius.
Arrian lui donne contre toute vraifemblance 1000000 d'hommes
d'infanterie, 40000 de cavalerie, 15 Éléphants & 200 chariots
armés de faux. La difproportion de l'infanterie à la cavalerie eft fi
grande & fi peu méthodique, qu'elle rend fufpecte l'autorité de cet
hiftorien. Quinte-Curfe dit (livre 4) que l'armée du roi de Perfe
montait à 600000 hommes d'infanterie & à 114000 de cavalerie.
Quoique ce dernier dénombrement foit bien inférieur au premier,
il eft probable que Quinte-Curfe exagère encore beaucoup trop.
La différence de fentiment entre les hiftoriens vient de ce qu'ils ont
groffi le nombre des ennemis d'Alexandre pour augmenter fa gloire,
ou bien que les copiftes de ces auteurs en ont corrompu les chiffres.
L'armée Macédonienne montait à 40000 hommes d'infanterie &
à 7000 de cavalerie.

celle d'Alexandre (*p*), & ce prince voulant éviter d'être enveloppé, réfolut de gagner le flanc de l'aîle gauche de l'ennemi. Il ordonna à cet effet à l'infanterie 2, 3 de faire à droite, & à la cavalerie 4 de rompre par efcadrons (*q*), & s'approcha de la gauche des Perfes par un mouvement oblique qui éloignait beaucoup la fienne de leur droite. Darius voyant qu'au moyen de ces manœuvres le roi de Macédoine allait bientôt déborder fon aîle gauche fit commencer le combat. Alors l'infanterie 2, 3 fe mit en bataille par un à gauche, & la cavalerie 4 par des mouvements de converfion.

Les troupes 11 de la gauche des Perfes s'ébranlèrent pour tomber fur le flanc droit des Macédoniens; mais la cavalerie 5 leur barra le chemin. Le combat fut très vif, & aurait tourné au défavantage de la cavalerie d'Alexandre fi elle n'avait été promptement renforcée par le corps 6. Les Perfes revinrent une feconde fois à la charge; mais des troupes 7

(*p*) Je fupute que le front des Perfes devait être à peu de chofe près trois fois auffi étendu que celui des Macédoniens.

(*q*) Je conjecture que ce fut au moyen de ces mouvements qu'Alexandre parvint à fon but.

s'étant avancées (r) ils prirent la fuite. Après un combat aſſés opiniâtre dans lequel la gauche des Macédoniens faillit être défaite par la droite de Darius, l'armée de ce dernier fut enfin miſe en déroute.

Remarques. De toutes les batailles anciennes & modernes, celle d'Arbelle eſt la plus ſavante: elle renferme ce qu'il y a de plus raffiné dans la taƈtique pour l'attaque & pour la défenſe, & prouve ce que peut une théorie éclairée ſur la barbare pratique de la guerre. Les Grecs, les plus habiles taƈticiens qui aient jamais exiſté, trouvèrent la bataille d'Arbelle ſi ſavante, qu'ils la propoſaient dans leurs écoles de guerre comme un modèle de grandes aƈtions.

M. de Guiſchard & M. de Maizeroi ont donné chacun une deſcription de la bataille d'Arbelle (s); mais comme elles diffèrent eſſentiellement l'une de l'autre (t), j'ai pris le parti de recourir à la traduƈtion

---

(r) Les hiſtoriens diſent que ces troupes avancèrent pour ſoutenir la cavalerie; mais ils ne parlent point de la diſpoſition qu'on leur fit prendre. Je conjeƈture qu'elles attaquèrent le flanc gauche de la cavalerie Perſanne, & que cette manœuvre la déconcerta totalement.

(s) Voyés la note (m) qui ſe trouve à la page 99 de cet Eſſai.

(t) M. de Guiſchard & M. de Maizeroi ne s'accordent pas ſur la diſpoſition des troupes deſtinées à couvrir le flanc droit d'Alexandre.

Pl. II.

Bataille d'Arbelle.

d'Arrian pour tâcher de les concilier. D'Ablancourt a mis en marge (*u*) (à l'endroit où il parle de la difpofition des corps deftinés à couvrir l'aîle droite d'Alexandre) : *Peut être qu'ils faifaient front fur l'aîle.* Le traducteur a puifé cette note dans l'auteur Grec ou dans fon imagination : fi elle fe trouve dans le texte d'Arrian, M. de Maizeroi a raifon contre M. de Guifchard ; mais fi elle eft le fruit de l'imagina- tion de d'Ablancourt, j'avoue que mes incertitudes augmentent, & que je n'ofe décider entre deux

---

Le premier prétend qu'elles furent rangées parallèlement à l'ennemi, & le fecond qu'on les plaça en potence derrière l'aîle droite ; & chacun rapporte des preuves favorables à fon opinion ; preuves qui font d'autant moins fufpectes que ces officiers favent tous deux le Grec : l'un l'a prouvé par fes Mémoires militaires & par plufieurs paffages d'Arrian (fur la bataille d'Arbelle) dont il donne la traduction à la page 325 & fuivantes du tome IV de fes Mémoires critiques & hiftoriques fur plufieurs points d'antiquités militaires ; & l'autre par des éclairciffements fur plufieurs batailles anciennes répandues dans fes ouvrages, & en dernier lieu par une excellente verfion Françaife des Inftitutions militaires de l'empereur Léon.

(*u*) Page 94 de l'édition indiquée dans la note (*m*). Comme je ne fais pas le Grec, je n'ai pû vérifier fi Arrian dit effectivement que les troupes deftinées à couvrir l'aîle droite d'Alexandre *faifaient front fur l'aîle*, ou ce qui eft la même chofe fur le flanc, ou bien fi la note en queftion eft une glofe du traducteur.

hommes qui par leurs talents & leurs connaiſſances ſe ſont acquis l'eſtime de tous les militaires appliqués à l'étude de leur art. Je crois cependant devoir obſerver que ſi l'opinion de M. de Guiſchard eſt la plus véritable, celle de M. de Maizeroi paraît la plus vraiſemblable (v).

PLANCHE
12.

3. *Si l'on veut former une diſpoſition pour attaquer obliquement la gauche de l'ennemi, on y procédera ainſi :*

Lorſque l'armée 1 ſera rangée en bataille, on placera deux réſerves : la première 2 compoſé d'infanterie entre les deux lignes, & la ſeconde 3 formée d'infanterie & de cavalerie derrière le centre. Une troiſième réſerve 4 de cavalerie ſoutiendra la droite & une autre 5 la gauche. Quand on voudra attaquer, la droite en entier 6 marchera bruſquement à l'ennemi. L'infanterie 2 & toute la réſerve 3 viendront ſe ranger derrière en troiſième ligne, tandis que les autres parties de l'armée 7, 8, 9, 10 ſe porteront aux points qui leur auront été indiqués. Pendant ces manœuvres, les réſerves de cavalerie 4 & 5 aſſûreront

---

(v) J'ai adopté à très peu de choſe près l'opinion de M. de Maizeroi ſur cette bataille.

le

Pl. 12.

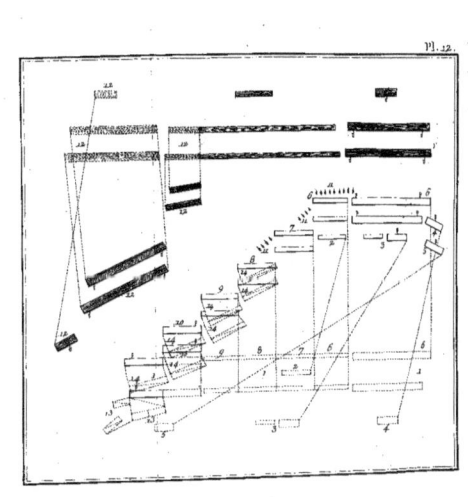

le flanc de la droite. On placera l'artillerie 11 à la tête de l'aîle droite & fur le flanc des divifions les plus proches de l'ennemi.

Si pendant l'action la droite de l'ennemi 12 avance pour attaquer la gauche, cette dernière lui cédera du terrein, & la feconde ligne 13 de la cavalerie fe difpofera de manière à en couvrir le flanc, tandis que les divifions du centre & de la gauche feront face à l'ennemi par un mouvement en arrière 14. Comme l'aîle gauche eft feulement deftinée à le contenir, & qu'elle ne doit pas combattre, on peut en tirer des troupes pour renforcer la droite s'il en eft befoin.

4. Ce fut au moyen d'un mouvement oblique par l'aîle droite que les Romains attaquèrent l'armée Syrienne à la bataille de Magnéfie (x).

Le conful Lucius Cornelius Scipion (y) ayant été chargé par le peuple Romain de la guerre contre

Bataille de Magnéfie. PLANCHE 13.

***

(x) Tite Live rapporte cette bataille dans le livre VII de la 4ᵉ décade.

(y) Il était frère de Publius Cornelius Scipion l'*Africain* premier du nom, qui par fes victoires chaffa les Carthaginois de l'Efpagne qu'il foumit aux Romains, & contraignit Annibal à quitter l'Italie & à repaffer en Afrique où il le vainquit à la bataille de Zama. Le

O

Antiochus roi de Syrie, paſſa en Aſie & alla chercher ce prince pour le combattre. Il refuſa la bataille pendant pluſieurs jours ; mais voyant les Romains réſolus à l'attaquer dans ſon camp, il ſe détermina à en venir à une action.

L'armée Romaine était compoſée (ʒ) de quatre Légions, deux de Romains & deux de Latins . . . . Les Romains 1 occupaient le centre, les Latins 2 les deux aîles. Les Haſtaires furent placés en première ligne, les Princes en ſeconde, & les Triaires formèrent la troiſième. Le Conſul rangea à la droite ſur le même front, & pour ainſi dire hors de ce corps de bataille régulier & complet par lui même, les troupes auxiliaires d'Eumène 3 avec les Achéens 4 . . . . Au delà de ces troupes il mit un peu moins de 3000 cavaliers Romains 5 . . . .

Conſul n'avait obtenu la conduite de la guerre contre Antiochus qu'à la recommandation de ſon frère qui promit de ſervir ſous lui & de l'aider de ſes conſeils.

(ʒ) Ceci eſt traduit de Tite Live. L'armée Romaine montait à 23600 hommes d'infanterie & à 4800 de cavalerie, non compris les troupes auxiliaires d'Eumène & des Achéens dont on ignore le nombre. J'ai feuilleté en vain pluſieurs hiſtoriens pour le découvrir. A l'égard de l'ordre ſur lequel ces troupes combattirent, il eſt vraiſemblable que ce fut en Phalange.

800 *qu'Eumène avait amenés* (furent poſtés de
ſuite 6) .... *& plus loin encore* 500 *Tralliens* 7 &
autant de Crétois 8. *Il ne penſa pas que l'aîle gauche
eût beſoin d'un tel appui, étant rangée près le
fleuve (&), dont le bord eſcarpé la fortifiait. Il
y mit cependant à tout haʒard quatre troupes de
cavalerie* 9 (a) .... *Il plaça les* 16 *Éléphants* 10
qu'il avait derrière les Triaires.

Le conſul laiſſa 2000 hommes pour la garde de
ſon camp.

Antiochus commandait 70000 hommes d'infanterie, plus de 12000 de cavalerie & 52 Éléphants.
Il avait, dit Tite Live, 16000 *hommes de pié* 12
*armés comme la phalange Macédonienne. Il les
plaça au centre de ſon armée, partagés en dix
ſections avec deux Éléphants* 13 *chargés de tours* (b),
*dans les intervalles qui furent laiſſés de l'une à l'autre.
Cette infanterie était rangée ſur 32 de profondeur....*

(&) Le Méandre.

(a) L'hiſtorien a oublié de marquer le poſte des Vélites 11. Je
penſe qu'ils furent répandus ſur le front de la première ligne, ſuivant
la coutume des Romains.

(b) Il y avait dans chaque tour quatre ſoldats armés, non compris
le conducteur qui était placé ſur le cou de l'animal.

Il mit à la droite de la phalange, continue Tite Live, 1500 *cavaliers Gallo grecs, auxquels il en joignit* 3000 *armés de toutes pièces* .... *&* 1000 *autres* .... *choisis parmi les Mèdes & autres peuples* .... *Il plaça à quelque distance de ces derniers* 16 *Éléphants* 14 *pour les soutenir* (c) .... *Un peu plus loin étaient* .... *les Argyraspides* (d), 1200 *cavaliers Daces* .... *puis les soldats armés à la legère des Tralliens & des Crétois*, 1500 *de chaque nation, &* 2500 *archers Mysiens. On rangea à l'extrémité de cette aîle* (& près le bord du fleuve) *les frondeurs Cyrtéens & les archers Éliméens* (e) .... *A la gauche de la phalange le roi plaça comme à la droite* 1500 *cavaliers Gallo grecs &* 2000 *Capadociens* .... *Ensuite* 2700 *soldats de diverses nations,* 3000 *cavaliers armés de toutes pièces, &* 1000 *autres*

(c) Cet endroit n'est pas clair; il laisse dans le doute si les Éléphants furent placés en avant ou en arrière de la ligne, ou bien mêlés avec les troupes. Je prends le premier parti, qui est conforme à ce que pratiquaient ordinairement les anciens.

(d) Ils étaient ainsi nommés, parce qu'ils portaient des boucliers garnis d'argent. C'était une troupe d'élite qui jouissait d'une grande réputation.

(e) Tite Live n'en dit pas le nombre.

Syriens, Phrygiens & Lydiens armés plus légère-
ment . . . . Devant cette cavalerie étaient rangés les
chariots à quatre chevaux 15 (*f*)*, les Chameaux*
& les Dromadaires 16 *. . . . Le reste de cette aîle était*
composé à peu de chose près de mêmes troupes que
la droite : de Tarentins premièrement, puis de 2500
cavaliers Gallo grecs, de 1000 *Néocrétois, de* 1500
Cariens ou Ciliciens . . . . d'autant de Tralliens &
de 3000 *soldats . . . . tirés de la Pamphilie, de la*
Pisidie & de la Lycie, des troupes auxiliaires, des
Cyrthéens & des Éliméens en même nombre qu'à
l'aîle droite, & enfin près de ces derniers de 16
Éléphants 17 (*g*).

Antiochus fit mener les chariots 15 & les Dromadaires 16 contre les Romains; mais ce vain épou-
ventail ne déconcerta point Eumène qui ordonna

(*f*) Tite Live fait de ces chariots la defcription fuivante : *Deux*
lames de fer longues d'une coudée fortaient du timon . . . . leur objet
était d'enfoncer tout ce qui fe rencontrait de front. De chaque côté du
fiége il y en avait deux autres, l'une de niveau avec le fiége même, &
l'autre ayant la pointe tournée vers la terre, la première pour trancher
horifontalement, & l'autre pour percer du haut en bas . . . . Enfin deux
autres lames fichées dans l'effieu fortaient du milieu de chaque roue . . . .

(*g*) Voyés la note (*c*) page 108 : elle a lieu ici.

aux archers de Créte 8, aux frondeurs & à la cavalerie armée de javelots, d'effrayer les chevaux & de les accabler de traits de tous côtés. Il leur avait aussi recommandé de ne point se tenir ensemble; mais de s'éparpiller çà & là, pour diminuer l'effet des chariots. Les ordres d'Eumène produisirent le meilleur effet ; la plûpart des chevaux & des Dromadaires furent percés de coups, & ce qui échappa s'étant enfui du côté des Syriens & des

PLANCHE
14.

troupes auxiliaires 1, (devant lesquelles ils avaient d'abord été postés), cette aîle prit l'épouvante & découvrit en se sauvant (*h*) le flanc gauche des cavaliers armés de toutes pièces 2. La cavalerie Romaine 5 les attaque aussitôt avec la plus grande

---

(*h*) La manière dont s'exprime Tite Live sur la fuite de ces troupes a besoin d'interprétation. Voici le passage : *Les troupes qu'on avait postées près des chariots, effrayées du désordre & de l'agitation des Chevaux, prirent la fuite & laissèrent toute cette partie découverte jusqu'à l'endroit où étaient les cavaliers armés de toutes pièces. Alors la cavalerie Romaine fondit sur eux*. Il ne me paraît guère naturel de croire qu'une aussi grande quantité de troupes ait pris la fuite; car les chariots ne produisirent du désordre que dans une seule partie de la ligne. Il est donc probable que la cavalerie de l'extrémité de la droite des Romains 6 prit une position 7 qui tint en échec le reste de l'aîle gauche d'Antiochus 8.

Bataille de Magnésie.

Partie du camp des Romains.

vigueur & les renverfe; peu échapèrent, la pefanteur
de leur armure mettant un obftacle à leur fuite. La
défaite des Cataphractes acheva d'ébranler le refte
de cette aîle 3, 4 jufqu'à la Phalange. La plûpart
des fuyards s'étant fauvés de ce côté, empêchèrent
les Phalangîtes de faire ufage de leurs longues piques.
L'infanterie Romaine 9, celle d'Eumène 10 & des
Achéens 11 les attaque auffitôt de front, tandis que
la cavalerie 5 & 12 les prend en flanc & par derrière.
Déjà les Romains l'avaient rompu, & ils achevaient
de la tailler en pièces après l'avoir inveftie, lorfqu'on
entendit vers la gauche de leur armée des cris & un
grand tumulte. Le mal venait de ce que le Conful
ayant crû que fon aîle gauche qui appuyait au fleuve
n'avait rien à craindre, fe contenta comme nous
l'avons vû plus haut, d'y placer quatre troupes de
cavalerie, lefquelles ayant imprudemment quitté
leur pofte, laiffèrent un vide entre le fleuve & l'infanterie dont le flanc gauche fe trouva découvert.
Cet incident faillit caufer la perte de la bataille;
car Antiochus ayant reconnu la faute des Romains,
commanda à la cavalerie & à la plûpart des troupes
auxiliaires 13 de les charger de front, tandis que
le refte 14 paffant entre le fleuve & l'aîle gauche

des Légions les chargeraient en flanc. Cet ordre ponctuellement exécuté pensa être funeste à l'armée du Consul ; car son aîle gauche 15 ne pouvant résister à cette attaque, fut battue & se sauva jusqu'à la vue du camp. Un tribun nommé Émilius qui y commandait, en sortit à la tête de ses troupes 16 consistant en 2000 hommes, ordonna aux fuyards de reprendre leurs rangs, de retourner au combat, & menaça même de les charger s'ils n'obéissaient. Les Romains se rallient, Émilius se joint à eux, & tous marchent pour repousser l'ennemi. Ce brave Tribun en soutint d'abord l'effort, puis le chargea à son tour. Comme on avait appris à la droite le malheur arrivé à l'aîle gauche, on en détacha 200 cavaliers pour la secourir.

Antiochus voyant les Légions retourner à la charge, & un second renfort qui venait les soutenir prêt à lui tomber sur les bras, abandonna le champ de bataille. Ce qui résistait encore de son armée ne tarda pas à le suivre ; alors la victoire des Romains fut complette. La cavalerie d'Eumène d'abord, ensuite toute celle des Romains se mit à la poursuite de l'ennemi, tuant tout ce qui lui tombait entre les mains. Les chariots, les Éléphants & les

Dromadaires

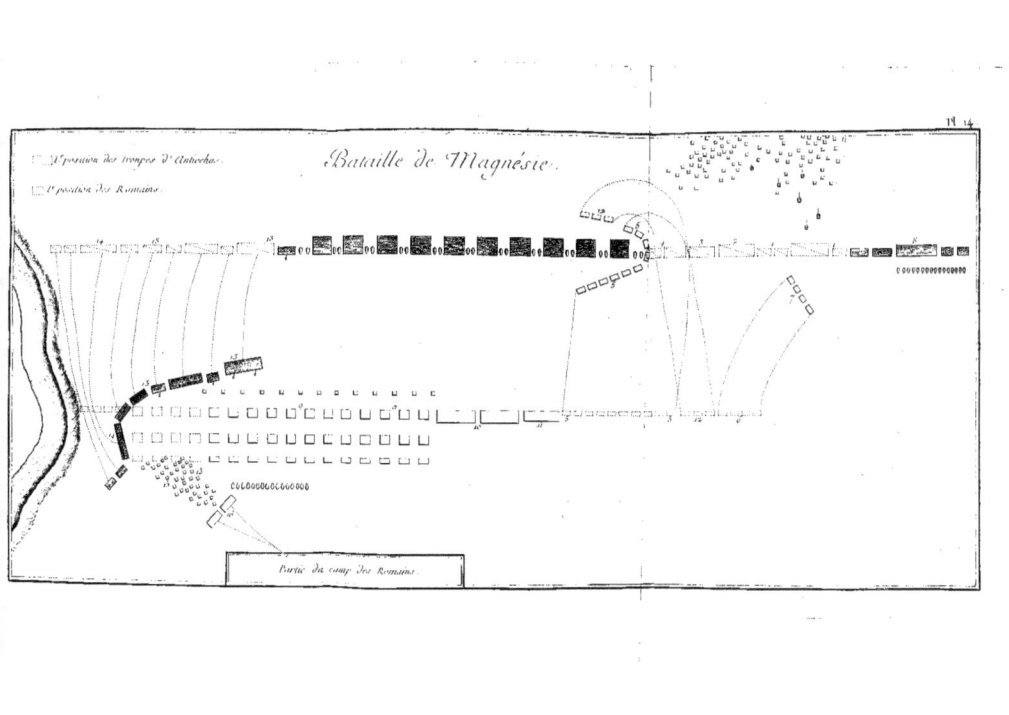

Bataille de Magnésie.

Position des troupes d'Antiochus.

Position des Romains.

Partie du camp des Romains.

Dromadaires éparts çà & là écrasèrent un grand nombre de fuyards, & ne contribuèrent pas peu à retarder la retraite du reste.

La plûpart des vaincus se retirèrent dans leur camp, & secondés de ceux qu'on y avait laissés pour le garder, résistèrent avec le plus grand courage à l'armée du Consul qui s'était avancée pour le forcer. Les Romains pénétrèrent enfin dans le retranchement, & achevèrent de détruire cette malheureuse armée.

Antiochus perdit dans cette journée 50000 hommes d'infanterie & 4000 de cavalerie (i). Les Romains firent en tout 1400 prisonniers, & prirent 15 Éléphants. Le Consul eut seulement 300 fantassins & 24 cavaliers tués avec quelques blessés. Eumène ne perdit pas plus de 25 hommes. Cette victoire fut suivie de la reddition d'un grand nombre de villes, & termina la guerre en obligeant Antiochus à recevoir la loi des Romains.

Remarques. Quoique les Romains eussent battu

(i) J'avoue que ce nombre de morts est exorbitant. La modicité de la perte des Romains & de leurs Alliés doit rendre suspect ici le témoignage de Tite Live.

P

Antiochus, il ne faut pas conclure de là que leur
conduite foit exempte de blâme. Ils furent rede-
vables de la victoire plutôt au hazard qu'à l'habileté
du Conful, qui dans cette occafion commit deux
fautes énormes.

1°. Il plaça contre toutes les règles de la guerre,
quatre faibles troupes de cavalerie entre le flanc
gauche de fon infanterie & le fleuve. Pour peu que
le lecteur foit verfé dans l'étude du métier, il fentira
le vice de cette difpofition ; n'était-il pas de la
dernière importance pour Lucius dont l'ennemi
débordait la droite, de ne pas s'éloigner du bord
efcarpé de la rivière qui était pour lui un point
d'appui affûré? Il eft donc évident qu'il commit un
crime de lèze tactique, en n'y appuyant pas la
gauche de fon infanterie. Le commandant de la
cavalerie qui fut placée entre le fleuve & l'infanterie, fit auffi une très grande faute en quittant
fon pofte.

2°. La feconde faute de Lucius eft de n'avoir
pris aucune précaution pour couvrir fon aîle droite
contre les attaques de flanc que l'ennemi qui le
débordait beaucoup pouvait tenter. Cette partie de
l'armée Romaine fut victorieufe; mais fi les ennemis

avaient eû la moindre expérience, il en ferait arrivé autrement. Le Conful pouvait attaquer l'une ou l'autre aîle du roi de Syrie (*k*) & lui refufer le refte de fes troupes.

Lucius fe hâta de combattre pendant l'abfence de fon frère (*l*), parce qu'il craignit qu'on n'attribuât fes fuccès aux confeils de Scipion l'Africain ; ce qui ferait arrivé, s'il eût été à l'armée lorfque la bataille fe livra. La victoire de Magnéfie fit donner au Conful le furnom d'*Afiatique*, ce qui l'égala à fon frère, fi les titres & les qualités peuvent égaler un homme d'une capacité médiocre à un génie vafte & profond.

Toute la difpofition de l'armée d'Antiochus eft ridicule, & ne fupofe pas dans ceux qui la firent la moindre connaiffance de l'art militaire. Voici les principales fautes qui contribuèrent à la perte de la bataille.

(*k*) Le conful devait attaquer la droite de l'ennemi de préférence à la gauche. Il fallait pour cela, appuyer au fleuve la gauche de fon infanterie, faire en forte de dépofter la droite des Syriens, & prendre ainfi leur armée en flanc.

(*l*) Une maladie avait empêché Scipion l'Africain de fuivre l'armée,

1°. La cavalerie fut mélée fans aucune raifon avec l'infanterie.

2°. On ne laiffa pas d'intervalles entre les différents corps pour l'écoulement des Éléphants, des chariots & des Chameaux en cas qu'ils fuffent repouffés.

3°. On plaça des Éléphants entre les fections de la phalange.

4°. Elle fut rangée fur une trop grande profondeur (*m*).

5°. Enfin Antiochus ou fes généraux ne tirèrent pas tout le parti poffible de l'avantage remporté fur la gauche du Conful ; & par leur lenteur & leur indécifion, donnèrent à fes troupes le temps de fe reconnaître.

On voit par ce que je viens de dire que la difpofition des Syriens était un monftre de tactique qui eut le fuccès qu'il méritait, c'eft à dire qu'il tourna à la honte de fes auteurs.

PLANCHE   Antiochus devait appuyer au fleuve la droite **1**
15.   de la phalange divifée en plufieurs fections, &

(*m*) On rangeait ordinairement la phalange fur 16 de hauteur. Antiochus en fit doubler les files, & rendit ainfi inutile la moitié de fa meilleure infanterie.

ranger fur la même ligne les Argyrafpides, & ce qui reftait d'infanterie d'élite. Toutes ces troupes ainfi difpofées auraient préfenté un front plus étendu que celui de l'infanterie Romaine. Il fallait en outre répandre fur le front de cette infanterie des archers & des frondeurs 2 pour tenir tête aux vélites Romains. Au moment de la charge, ces troupes légères auraient difparu par les intervalles 3 des fections (n). Cette première ligne devait être foutenue par un corps de réferve 4 deftiné à renforcer les troupes pouffées par l'ennemi. On eût mis de fuite à la gauche de la phalange toute la cavalerie d'élite 5, & entremélé les efcadrons de pelotons d'infanterie légère 6. Il fallait difpofer derrière cette gauche tout le refte de l'infanterie 7 & de la cavalerie 8. La plûpart de ces troupes 7 en faifant un circuit auraient attaqué le camp des Romains (o), tandis que le refte 8 les eût chargé

(n) Ces troupes légères quoique retirées derrière la phalange & dans les intervalles des fections, auraient continué à jetter des pierres & à tirer des fléches par deffus la première ligne.

(o) Il eft hors de doute qu'ils l'euffent emporté facilement, puifqu'il n'y reftait que 2000 hommes pour le défendre; cet avantage

par derrière (*p*). Pendant l'exécution de ces manœuvres la gauche de la Phalange 9 devait attaquer
la droite 10 du Conful, la cavalerie 5 s'avancer
rapidement contre celle des Romains 11 & la
partie 12 qui la débordait, la prendre en flanc.

Lucius ayant comme on l'a vû plus haut, placé
entre la gauche de fon infanterie & le fleuve quatre
troupes de cavalerie 13, c'était un point capital pour
le roi de Syrie de les battre, parce qu'alors il lui
était facile de faire couler des troupes entre le fleuve
& le flanc gauche des Romains. Voici les moyens
qu'il fallait employer pour y parvenir. La première fection 14 de l'aîle droite d'Antiochus ayant
derrière elle quelque cavalerie 15, foutenue par
un corps d'infanterie 16, aurait marché vivement
contre les quatre troupes de cavalerie 13. Cette
poignée de cavalerie mife en fuite, la fection 14,
par un mouvement de converfion, prenait en flanc

---

aurait découragé les Romains qúi regardaient leur camp comme un
afyle affûré après une défaite.

(*p*) Dans la difpofition que je donne ici, les chariots, les Éléphants
& les Chameaux devenaient inutiles aux Syriens. Le tort qu'ils firent
à Antiochus prouve qu'il aurait bien fait de les réferver pour une
meilleure occafion.

Pl. 25.

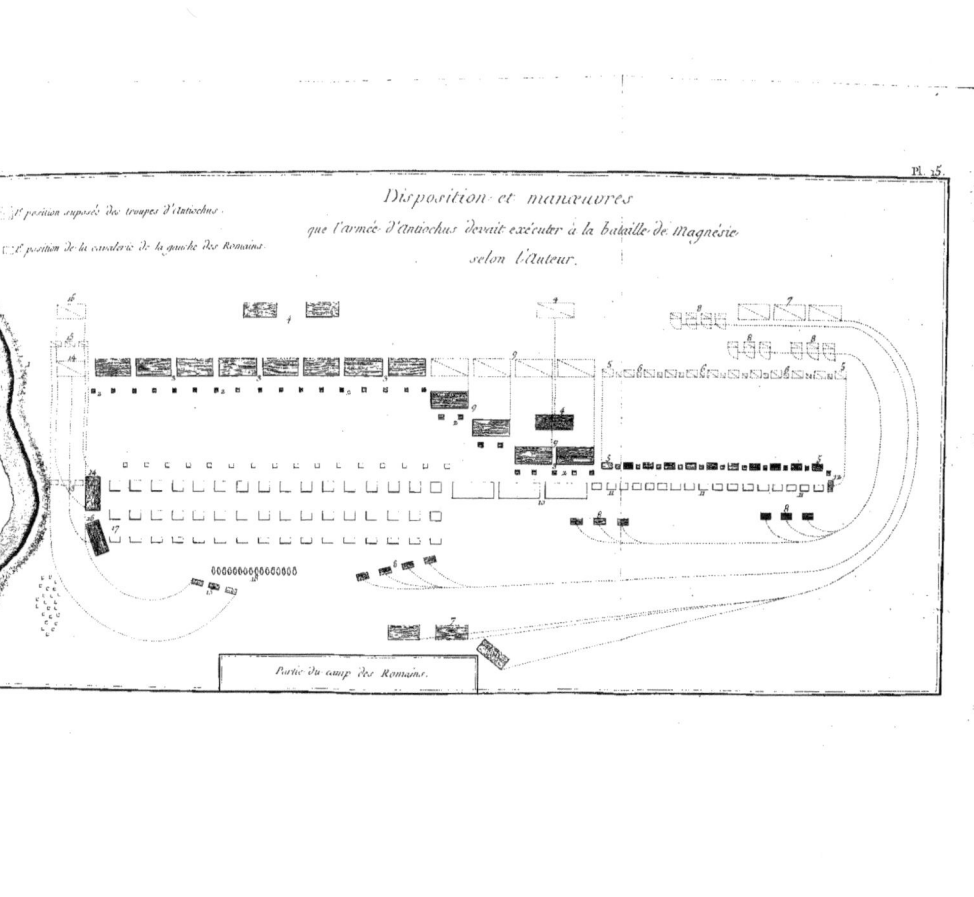

Disposition et manœuvres
que l'armée d'Antiochus devait exécuter à la bataille de Magnésie
selon l'Auteur.

1.ᵉ position supposée des troupes d'Antiochus.

2.ᵉ position de la cavalerie de la gauche des Romains.

Partie du camp des Romains.

l'infanterie Romaine 17; tandis que la cavalerie 15 dont elle était fuivie les eût chargé en queue (*q*). Le corps d'infanterie 16 devait feconder la première fection 14.

Je ne fais ce qui ferait arrivé des manœuvres & de la difpofition que je viens de détailler : elle environnait totalement les Romains, & il y a apparence que le Conful eût payé bien cher la faute qu'il fit de ne pas attendre fon frère.

5. Guftave Adolphe à la bataille de Leipzig (*r*), attaqua obliquement avec fa droite l'aîle gauche des Impériaux.

L'armée (*s*) de l'empereur Ferdinand II, commandée par le comte de Tilli, occupa une chaîne de collines (qui formaient un long rideau, depuis

Bataille de Leipzig.

Planche

16 (*t*).

(*q*) Cette cavalerie devait chaffer à coups de traits les Éléphants 18 dans les rangs des Romains, & les charger enfuite avec vigueur & promptitude.

(*r*) Quelques uns la nomment bataille de Breitenfeld, parce qu'elle fe donna près du village de ce nom.

(*s*) Elle montait à 35000 hommes.

(*t*) N'ayant pû, malgré beaucoup de recherches, me procurer un bon plan de la bataille de Leipzig, j'ai été obligé de copier celui qui fe trouve à la page 290 du tome III de l'hiftoire de Guftave Adolphe

le village de Lindenthal 1 jufqu'à la Pleiffe 2), & y fut difpofée à mi côte fur une feule ligne. On plaça l'infanterie 3 rangée en gros bataillons au centre, & la cavalerie 4 partagée en gros efcadrons aux aîles. La droite appuyait à la Pleiffe, & la gauche au bois de Lindenthal 5. L'artillerie 6 fut établie derrière l'armée, fur le plateau des collines. A 300 pas ou environ du flanc de l'infanterie de la droite était un ravin impraticable 7, derrière lequel on rencontrait un bois 8, & enfuite les villages de Grofs-Weideritz 9, Klein-Weideritz 10, Breiten-feld 11 & Lindenthal 1.

Tilli aurait pû écrafer l'ennemi dans un défilé auprès du village de Podelwitz 12; mais il fe contenta de faire mettre le feu à plufieurs maifons. La fumée que le vent pouffait dans les yeux des Suédois & des Saxons (u), n'étant pas un obftacle infurmontable, ils arrivèrent (le matin du 7 feptembre 1631) à deux portées de canon des Impériaux. Dès que

---

(imprimée en quatre volumes *in*-12); j'y ai ajouté d'après le récit des hiftoriens, beaucoup de chofes qui y manquaient.

(*u*) Les Suédois & les Saxons commandés par l'Électeur étaient réunis. L'armée combinée des deux princes montait à 35000 hommes.

l'armée

l'armée combinée eut débouché dans la plaine elle
s'y mit en bataille. Les Suédois prirent la droite &
les Saxons la gauche.

Guſtave rangea ſes troupes ſur deux lignes,
l'infanterie 13 au centre, & la cavalerie 14 aux
aîles. L'infanterie était diviſée par demi brigades,
formées ſuivant ſon ſyſtême (v). La cavalerie de la
première ligne fut entremélée de pelotons de mouſquetaires 15. Un corps 16 d'infanterie & de cavalerie
ſoutenait le centre de la première ligne. Derrière la
ſeconde ligne était une réſerve de cavalerie 17. Le
roi de Suède poſta derrière la droite pluſieurs eſcadrons de cavalerie 18. La plus grande partie de
l'artillerie 19 fut établie ſur le front de l'infanterie
de la première ligne. On plaça le reſte 20 devant
la cavalerie & à la tête de la ſeconde ligne. Le roi
commandait la droite, le général Teuffel le corps
de bataille, & le feld maréchal Guſtave Horn la
gauche.

La manière dont on diſpoſa l'armée Saxonne,
la rendait indépendante de celle des Suédois. La

_____

(v) Voyés à la page 377 du tome II de l'hiſtoire de Guſtave
Adolphe, la manière dont ce prince rangeait ſon infanterie,

Q

première ligne 21 fut partagée en trois corps rangés
par échellons. Celui du centre était compofé d'infanterie & de cavalerie , & les deux autres de
cavalerie feulement. La feconde ligne 22 formée
d'infanterie & de cavalerie foutenait la première.
On plaça l'artillerie 23 fur le plateau d'une colline
qui fe trouva entre les deux lignes.

La canonade commença fur tout le front de la
ligne. Les Suédois firent un feu fi vif de leurs pièces
de bronze, qu'on ne pouvait les charger tant elles
étaient échauffées. Cet incident obligea le roi de faire
paffer d'abord à la première ligne l'artillerie de la feconde & enfuite les pièces de cuir bouilli (x). Le vent
qui foufflait avec affés de violence portait dans les
yeux des Suédois la fumée & la pouffière. Pour
obvier à cet inconvénient & en venir promptement

(x) Ces pièces confiftaient en un tuyau de cuivre battu , très
mince, renforcé de quatre bandes de fer, & entortillé avec beaucoup
de cordes ; un cuir bouilli coloré enveloppait le tout. Cette artillerie
s'échauffait difficilement, de forte qu'on en tirait un grand nombre
de coups fans être obligé d'y paffer du vinaigre ou de l'eau pour la
rafraîchir. Elle était montée fur des affuts fi légers, que deux hommes
fuffifaient pour la manœuvre d'une pièce. Voyés l'hiftoire de Guftave
Adolphe, tome II pages 22 & 23. Je crois que perfonne n'a fait
ufage des canons de cuir bouilli depuis le roi de Suède.

aux mains, Guſtave ordonna à ſon aîle droite de
s'avancer vers la gauche des Impériaux (*y*).

Cette démarche des Suédois engagea Tilli à
deſcendre des hauteurs & à commencer le combat.
Il ſe tranſporta enſuite à la droite de ſon armée
pour diriger les efforts que faiſait cette aîle contre
les Saxons. Ceux ci ne ſoutinrent pas longtemps
l'impétuoſité de ce choc 27, & prirent la fuite à
l'exception de quatre régiments d'infanterie. Tandis
que Tilli battait les Saxons, la cavalerie de ſa gauche
vint fondre ſur l'aîle droite des Suédois; mais ils la
reçurent ſi vigoureuſement, & les mouſquetaires
placés entre les eſcadrons lui cauſèrent tant de perte
qu'elle fut obligée de lâcher priſe. Guſtave profita
du déſordre de la cavalerie ennemie, & continua
à s'approcher des hauteurs. Les Impériaux s'étant
ralliés, pluſieurs de leurs eſcadrons 28 ſe jettèrent
ſur la gauche pour attaquer en flanc & à dos la droite
du roi de Suède. Cette entrepriſe ne leur réuſſit pas;
la cavalerie 18 les arrêta, & Guſtave eut le temps
de les faire prendre en flanc & à dos par les troupes 25

―――――――――――――

(*y*) Preſque toute l'aîle droite du roi de Suède changea de poſition
au moyen d'un mouvement 14.

Q 2

de l'extrémité de sa droite. Les pièces de cuir bouilli avancèrent alors, & la vivacité de leur feu joint aux autres obstacles que l'aîle gauche de Tilli avait déjà éprouvés, la découragea tellement, qu'elle prit la fuite.

PLANCHE
17.
Dès que le roi de Suède eut appris la déroute de presque toute l'armée Saxonne, il détacha de la droite quelques escadrons, auxquels se joignit un corps d'infanterie, & ces troupes allèrent assûrer le flanc du feld maréchal Horn. Tilli commanda à trois régiments²d'envelopper le reste des Saxons 1. Le maréchal qui venait de recevoir le renfort dont nous venons de parler plus haut, envoya de la cavalerie 3, 4 pour les soutenir.

Tilli rangea en quatre gros corps ou colonnes 5 seize régiments d'infanterie, qui tombèrent sur le maréchal Horn avec la plus grande vigueur (χ). L'infanterie Suédoise ayant chargé à son tour les Impériaux parvint à les repousser. Le roi de Suède après avoir battu les troupes qu'il avait en face,

---

(χ) La première ligne de cavalerie 11 de l'aîle gauche des Suédois étant trop faible par elle même pour soutenir un choc aussi violent, il est probable que toute l'infanterie 10 de la seconde ligne marcha pour la soutenir.

Pl. 16.

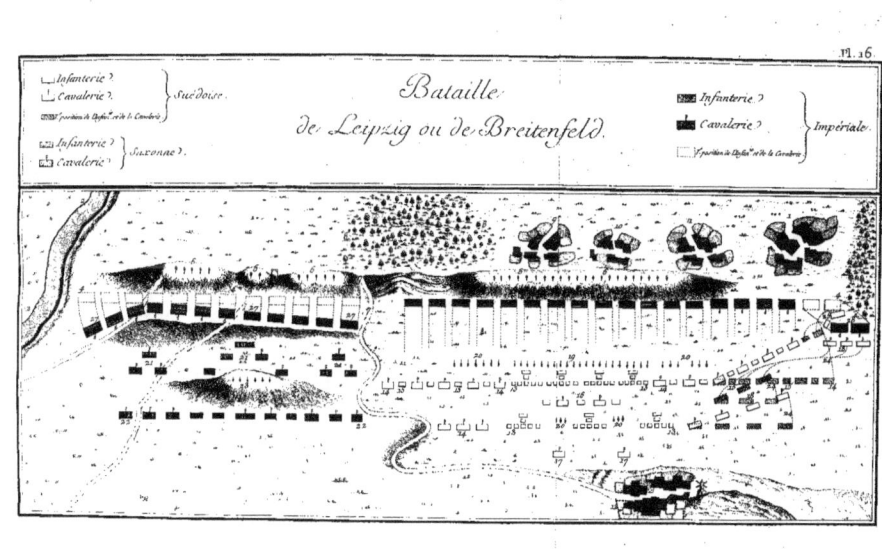

Bataille
de Leipzig ou de Breitenfeld.

Pl. 17.

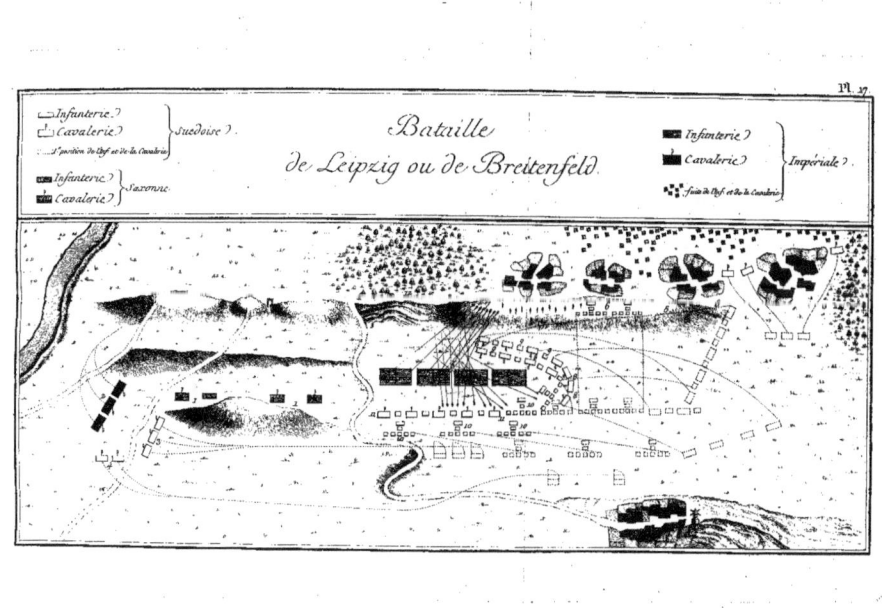

Infanterie
Cavalerie } Suédoise
position du Chef et de la Cavalerie

Infanterie
Cavalerie } Saxonne

Bataille
de Leipzig ou de Breitenfeld.

Infanterie
Cavalerie } Impériale
position du Chef et de la Cavalerie

s'avança vers les hauteurs 6 dont il fe rendit maître, ainfi que de 26 pièces de gros canon. Cette artillerie 7 fut auffitôt tournée contre Tilli, qui en était alors aux mains avec le maréchal Horn. Guftave détacha en même temps toute la cavalerie 8, & les pelotons de moufquetaires 9, pour prendre à dos les colonnes de l'ennemi, tandis que le maréchal les attaquerait de front & en flanc. Les Impériaux ne purent réfifter davantage, & s'enfuirent. Cinq de leurs régiments s'étant ralliés, fe poftèrent dans le bois 12. Les Suédois fecondés d'une nombreufe artillerie les y ayant attaqués, cette brave infanterie fut prefque toute détruite. Alors la victoire fut complette. Tilli laiffa fur le champ de bataille 8000 morts, & eut plus de 5000 hommes bleffés ou faits prifonniers. Près de 2000 Saxons furent tués. Les Suédois perdirent environ 700 hommes. Toute l'artillerie des Impériaux, leurs gros bagages & plus de 100 drapeaux ou étendards tombèrent entre les mains de Guftave.

Remarques. Le difpofitif de Guftave Adolphe eft parfaitement raifonné. La conduite admirable avec laquelle ce grand prince profita des fautes de fon ennemi, renferme une abondante fource

d'inſtruﬅions, & mérite d'être ſoigneuſement étu-
diée par les militaires. Les manœuvres du roi de
Suède pour gagner les hauteurs ſont fort ſavantes.
On doit ſurtout admirer le mouvement du corps de
cavalerie 18 (&), qui s'avança pour couvrir le flanc
droit de l'armée Suédoiſe, & charger de front les
Impériaux, tandis que le roi les prenait en flanc.

Tilli perdit à la bataille de Leipzig la réputation
du meilleur général de ſon ſiècle, dont il avait joui
juſqu'alors. Voici ſes principales fautes :

1°. Il pouvait & devait attaquer les armées Suédoiſe & Saxonne, tandis qu'elles paſſaient le défilé
de Podelwitz.

2°. Il laiſſa faire tranquillement aux Suédois &
aux Saxons leurs diſpoſitions.

3°. Il diſpoſa ſon armée, comme s'il avait été ſûr
de culbuter les Suédois au premier choc.

4°. Il ne forma ni ſeconde ligne ni réſerve (a);

(&) Voyés la planche 16.

(a) Le roi de Suède eut beaucoup de peine avec ſes belles
manœuvres & le courage extraordinaire de ſes troupes à enfoncer
l'armée Impériale. Je ne ſais ce qui ſerait arrivé ſi elle eût été
ſoutenue par une ſeconde ligne.

il avait cependant affés de troupes pour cela : il ne
s'agiffait que de donner moins de profondeur aux
bataillons & aux efcadrons (*b*).

5°. Il rangea l'artillerie fur le plateau des collines derrière l'armée, fans faire attention qu'en
s'éloignant de fon pofte, elle fouffrirait autant de
fon propre canon que l'ennemi même, ou bien le
rendrait inutile en l'empêchant de tirer.

6°. Il defcendit des hauteurs (*c*) pour engager
l'action.

7°. Il devait attaquer le flanc gauche des Suédois
après la fuite des Saxons. Il balança longtemps fur
le parti qu'il avait à prendre, & fon indécifion donna
le temps au maréchal Horn d'être renforcé.

8. Enfin il forma quatre groffes colonnes pour
enfoncer la gauche des Suédois, & au lieu de tâcher

(*b*) La trop grande profondeur des bataillons & des efcadrons de
Tilli, rendit inutile une partie de fes troupes.

(*c*) Tilli n'ayant pas voulu defcendre des hauteurs (pour attaquer
les Suédois & les Saxons occupés au paffage du défilé de Podelwitz),
était en contradiction avec lui même lorfqu'il les quitta ; & puifqu'il
avait tant fait que de ne point abandonner fon pofte pour profiter
d'une occafion favorable, il ne devait enfuite s'en éloigner fous
aucun prétexte.

de les tourner comme il le devait, il fit au contraire envelopper & battre ſes troupes (*d*).

2.

Des attaques par l'aîle gauche,

Comme on peut appliquer l'inverſe de tout ce qu'on a dit ſur les attaques par l'aîle droite aux attaques par l'aîle gauche, je me bornerai à en donner un exemple.

PLANCHE
18.
Figure 1. *Si l'on veut attaquer la droite 1 de l'ennemi 2, & entreprendre ſur le flanc de cette aîle, on y procédera comme il ſuit :*

Les diviſions 3, 4, 5, 6 s'avanceront juſqu'aux points 8, 9, 10, 11. Pendant ce mouvement, les troupes tirées des diviſions 5, 6, 7 iront promptement renforcer la première, & former derrière une

---

(*d*) Le mauvais ſuccès qu'eurent les colonnes, ou ſi l'on veut les maſſes de Tilli, était bien capable d'empêcher Wallenſtein, de combattre dans cet ordre à la bataille de Lutzen, qui ſe donna l'année ſuivante. Ce général forma de ſon infanterie cinq gros bataillons carrés ou colonnes avec des pelottons de piquiers aux angles. Les Suédois enveloppèrent ces colonnes qui ne pouvaient ſe remuer & les défirent. Voyés l'hiſtoire de Guſtave Adolphe, tome IV page 399.

troiſième

troifième ligne 12, tandis que d'autres troupes 13 feront un circuit pour tomber fur le flanc droit de l'ennemi. Si l'on craint que le grand front de celui ci ne l'engage à entreprendre contre la droite, on en affûre le flanc par de petits corps 14, 15, ou bien on la fait reculer à mefure qu'il approche.

3.

Des attaques par les deux aîles, ou de l'Ordre double oblique.

On appelle *Ordre double oblique* celui au moyen duquel on peut attaquer les deux aîles de l'ennemi ou lui refufer les fiennes (e).

On ne peut attaquer obliquement les deux aîles de l'ennemi, fe replier fur fes flancs & fes derrières, & pouffer en même temps fon centre, fi on ne lui eft fupérieur en nombre; mais fi on n'a d'autre objet que d'entreprendre contre fes aîles & de les tourner, il eft poffible de réuffir au moyen d'une difpofition qui mette à couvert le centre qu'on doit avoir affaibli pour renforcer les aîles.

(e) Dans ce dernier cas, on entreprend avec fon centre contre celui de l'ennemi,

R

L'Ordre double oblique eſt exactement la réu-
nion de la ſeconde & de la troiſième diſpoſitions
de Végèce (*f*). Il ſe forme de deux façons : la
première par des mouvements de converſion, & la
ſeconde par échellons. Comme ce qui a été dit ſur la
formation de l'oblique ſimple (aux pages 93, 94
& 95 de cet Eſſai) peut s'appliquer à l'Ordre double
oblique, en ſupoſant que l'une des aîles exécute
de ſon côté les mouvements indiqués pour l'autre,
je me diſpenſe de répéter ici les deux méthodes pour
diſpoſer obliquement une troupe quelconque, &
paſſe tout de ſuite aux exemples.

PLANCHE
18.
Figure 2.   *1. Si l'on veut attaquer les deux aîles de l'ennemi 1 qu'on ſupoſe inférieur en nombre, & pouſſer
en même temps ſon centre :*

Il faudra partager l'armée en trois parties, dont
la première 2 attaquera l'ennemi de front, tandis
que les deux autres 3 & 4 ſe replîront ſur ſes flancs
& ſes derrières.

PLANCHE
18.
Figure 3.   *2. Si l'on eſt inférieur à l'ennemi, & qu'on ait
deſſein d'attaquer ſes deux aîles, & d'éviter un engagement au centre, on manœuvrera comme il ſuit :*

(*f*) Voyés les pages 54 & 55 de cet Ouvrage.

Les aîles 1 & 2, en s'ébranlant pour aller à la charge, obſerveront la première 1 de ſe jetter un peu à droite, & la ſeconde 2 à gauche, pour déborder l'ennemi de quelques eſcadrons, ou pour ne l'être pas ſi on lui eſt inférieur. Les aîles exécuteront leur mouvement inégalement (g); c'eſt à dire que la droite de l'aîle droite s'avancera davantage que ſa gauche, & la droite de l'aîle gauche s'avancera moins que la gauche. Des troupes 3 & 4 tirées de la ſeconde ligne rempliront la diſtance laiſſée entre les aîles & le centre. On détachera pluſieurs eſcadrons 5, 6 pour tomber ſur les flancs & les derrières de l'armée attaquée. On placera l'artillerie 7 au centre & devant les aîles de l'infanterie, de manière qu'elle prenne l'ennemi en écharpe, s'il avance pour attaquer le centre.

3. *Si l'on veut attaquer les deux aîles de l'ennemi & éviter un engagement au centre, on y réuſſira de la manière ſuivante :*

Les deux aîles de cavalerie 1, 4, la droite & la gauche de l'infanterie 2, 3 s'avanceront vers

PLANCHE
18.
Figure 4.

(g) Si les deux aîles de cavalerie en ſe jettant chacune de ſon côté s'approchaient parallèlement de l'ennemi, les eſcadrons les plus voiſins de l'infanterie ſe trouveraient avoir en tête la droite & la gauche de l'infanterie de l'armée qu'on attaque.

R 2

l'ennemi. Les différentes divisions 5, 6, 7, 8, 9 marcheront en avant jufqu'aux points qu'on leur aura indiqué. Pendant ce temps là partie de la réferve d'infanterie 10 ira couvrir les flancs, & le refte 11 fe difpofera de manière à affûrer les derrières fi la cavalerie était battue (h). Les réferves de cavalerie de chaque aîle 12, 13 tomberont fur les flancs & les derrières de l'ennemi, tandis que celles 14, 15 qu'on a pofté derrière le centre iront augmenter le front des aîles. La feconde ligne des divifions 6, 7, 8 pourra renforcer la droite & la gauche s'il en eft befoin. Si l'ennemi était affés imprudent pour donner dans la concavité que forme le centre, il ferait à chaque pas pris en flanc & expofé au feu de l'artil-lerie 16 & de l'infanterie. Si fes aîles font battues, les vôtres acheveront de l'envelopper en fe repliant fur fon centre.

Bataille
d'Élinge.

4. Scipion attaqua avec fes deux aîles l'armée Carthaginoife à la bataille d'Élinge (i).

(h) On peut joindre à cette infanterie quelques pièces d'artillerie de campagne, pour tirer fur le flanc de la cavalerie ennemie, & favorifer le rallîment de la vôtre fi elle était pouffée.

(i) Ville d'Efpagne, qui donna fon nom à la bataille. Cette action eft rapportée aux pages 137 & 138 du tome VI des Commentaires de

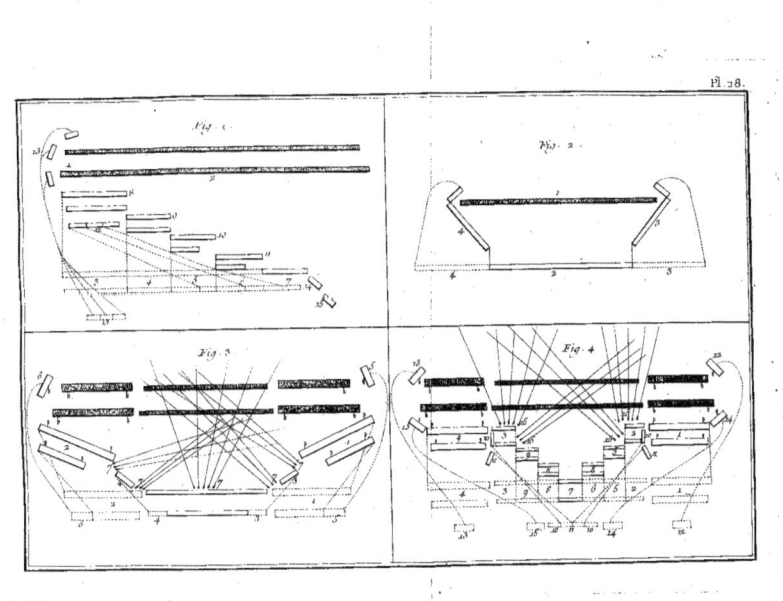

Pl. 28.

Fig. 1.

Fig. 2.

Fig. 3.

Fig. 4.

L'armée d'Asdrubal était compofée de 70000 hommes d'infanterie, de 4000 de cavalerie & de 32 Éléphants. L'armée Romaine, commandée par Sci-pion (*k*), montait à 45000 hommes d'infanterie & à 3000 de cavalerie, y compris les Efpagnols auxiliaires (*l*). Asdrubal rangea fon armée en ba-taille dans l'ordre fuivant. Les Carthaginois 1 qui étaient l'élite de fon infanterie occupaient le centre. Les Efpagnols 2 avec les Éléphants 3 à leur tête, furent placés à droite & à gauche des Africains : toute cette infanterie était rangée en Phalange. La cavalerie 4 fut mife aux aîles.

Scipion plaça fes Efpagnols 5 à droite & à gauche des Légions Romaines 6 (*m*), & la cavalerie 7 aux deux aîles. Les Vélites 8 furent répandus fur le front de l'infanterie.

Folard fur l'hiftoire de Polybe, & au 8ᵉ livre de la 3ᵉ décade de Tite Live.

(*k*) C'eft du vainqueur d'Annibal dont il eft queftion ici.

(*l*) Les Romains & les Carthaginois avaient dans leur armée des Efpagnols auxiliaires.

(*m*) Il y a apparence qu'elles furent rangées en quinconce; car Scipion n'avait alors aucune raifon pour changer l'ordre de bataille ordinaire des Romains.

Les deux armées parurent ainſi en préſence pendant deux jours ſans en venir aux mains. Le troiſième
jour Scipion fit repaître ſes troupes de grand matin,
& détacha enſuite ſes Vélites & ſa cavalerie, pour
aller eſcarmoucher avec celle de l'ennemi qui ſortit
de ſon camp pour la recevoir. Dès que la cavalerie
fut partie, Scipion rangea ſon infanterie en bataille
dans la plaine; mais il changea alors la diſpoſition
des jours précédents; car il mit les Eſpagnols 5 au
centre & les Légions 6 aux aîles. On voit par cette
diſpoſition que les Eſpagnols auxiliaires des Romains
étaient oppoſés aux Carthaginois, & que les Légions
avaient en tête les Eſpagnols attachés à Asdrubal.

PLANCHE
19.
Figure 2.

Les Vélites & la cavalerie Romaine eurent l'a-
vantage ſur celle de l'ennemi; mais comme cette
eſcarmouche ne décidait de rien, Scipion ordonna
à la cavalerie 7 & aux armés à la légère 8, de venir
ſe former (*n*) derrière ſes deux aîles 6 (les Vélites
en avant de la cavalerie) en paſſant à travers les
intervalles des Cohortes, ce qui prouve que dans

PLANCHE
19.
Figure 3.

(*n*) Tandis que les Vélites & la cavalerie Romaine exécutaient
ce mouvement, Asdrubal plaça la ſienne aux aîles de ſon armée,
comme il l'avait pratiqué les jours précédents.

cette difpofition, comme dans la précédente, elles
étaient rangées les unes derrière les autres (o).

Les hiftoriens s'accordent entr'eux fur toutes les
circonftances que j'ai rapporté jufqu'ici ; mais ils
diffèrent tous fur les manœuvres que Scipion exé-
cuta pour attaquer l'ennemi qui était toujours rangé
comme les jours précédents. Polybe dit que quand
(Scipion) *fut à un Stade* (de l'ennemi), *il commanda*
aux Efpagnols d'avancer dans le même ordre, à
l'infanterie & à la cavalerie de l'aîle droite de tourner
à droite, & à celle de la gauche de tourner à gauche.
Il prit enfuite lui même à l'aîle droite les trois pre-
mières bandes de cavalerie, & les trois premières

(o) Scipion le pratiqua ainfi dans la fuite à la bataille de Zama.
Moyennant cette difpofition, la cavalerie & les Vélites n'eurent qu'à
marcher en avant pour traverfer l'infanterie & arriver à leur pofte ;
au lieu que fi les Haftaires, les Princes & les Triaires avaient été
rangés en quinconce comme à la première difpofition, la cavalerie
& les armés à la légère euffent été obligés de décrire plufieurs courbes
avant d'arriver derrière les aîles de l'armée. On fent la confufion que
ce mouvement aurait entraîné après lui. Une autre raifon qui me
fait croire que le général Romain rangea fon infanterie en colonnes
avec des intervalles entre elles, eft que fes deux aîles devant avoir
affaire aux Éléphants des Carthaginois, il employa tous les moyens
capables de fe débaraffer de ces animaux ; & il n'y en avait point
d'autres que de les faire écouler à travers les intervalles des colonnes.

Manipules d'infanterie, c'est à dire une Cohorte.
L. Marcius & M. Junius en prirent autant à l'aîle
gauche, & les Vélites marchant à la tête, selon la
coutume, ils tournèrent Scipion à gauche & les autres
à droite, & tombèrent en colonne sur les ennemis,
le reste suivant de près & toujours selon le même
mouvement. Pendant que les aîles marchaient ainsi,
les Espagnols au front s'avançaient lentement &
restaient derrière à une certaine distance . . . . Les
mouvements qui se firent ensuite, & par le moyen
desquels ceux qui suivaient se joignaient sur une ligne
droite à ceux qui étaient devant, semblaient opposés
les uns aux autres, soit qu'on considérât en particu-
lier l'infanterie par rapport à la cavalerie. Car l'aîle
droite de la cavalerie se joignant par la droite aux
armés à la légère, s'efforçait de déborder l'ennemi,
& l'infanterie au contraire se joignit par la gauche ;
au lieu qu'à l'aîle gauche l'infanterie se joignit par
la droite, & la cavalerie avec les armés à la légère
par la gauche. De sorte que par cette évolution la
cavalerie & les armés à la légère changèrent d'aîle, &
que l'aîle droite devint la gauche (p). Il est impossible

(p) Ce changement d'aîle eût été ridicule, inutile, & même
impraticable en présence de l'ennemi. Le louche qui se rencontre

de comprendre la moindre chofe à un détail auffi embrouillé. Polybe n'a fûrement pas dit toutes les abfurdités qu'on vient de rapporter : il eft donc probable que le texte de cet écrivain a été corrompu.

Quoique Tite Live décrive pour l'ordinaire affés mal les opérations de guerre, il me paraît cependant dans cette occafion ci beaucoup plus vraifemblable, & plus inftruétif que Polybe. *Lorfque* (Scipion, dit il), *fut fur le point de commencer le combat, il ordonna aux Efpagnols qui étaient au centre de fon armée de marcher ferrés & lentement. Pour lui de l'aîle droite où il commandait, il envoya dire à Silanus & à Marcius d'étendre l'aîle gauche qu'ils conduifaient, comme ils lui verraient étendre la droite* (q)*, & de faire marcher contre les Carthaginois l'infanterie & la cavalerie la plus avancée,*

---

dans cet endroit de Polybe, vient de ce que les copiftes ou le traduéteur de fon hiftoire ont pris la partie droite ou gauche d'une aîle pour l'aîle entière. Je crois qu'il faut lire : *Par cette évolution la partie gauche de l'aîle droite en devint la droite, & la partie droite de l'aîle gauche en devint la gauche.* Cette correétion faite au texte de Polybe, éclaircit beaucoup le récit de la bataille.

(q) Ce que dit ici Tite Live eft impoffible. Il eft très vraifemblable que Scipion avait concerté fes manœuvres avec fes lieutenants.

S

*pour commencer l'action avant que les troupes du
centre fuffent à portée de combattre. Ayant ainfi
allongé les deux aîles, ils marchèrent à grands pas
vers l'ennemi (avec chacun trois Cohortes d'infanterie, trois troupes de cavalerie & les Vélites), tandis
que le refte les fuivait pour l'aller attaquer par les
flancs. Il reftait un vide dans le milieu, parce que les
Efpagnols marchaient plus lentement ; & déja les
aîles en étaient aux mains, que les Carthaginois qui
faifaient la principale force de l'ennemi, n'étaient
pas encore arrivés à la portée du trait. D'ailleurs ils
n'ofaient fecourir les aîles crainte de dégarnir le centre
& de l'expofer ainfi affaibli à la merci des Romains
qui étaient prêts à l'attaquer incontinent; ainfi leurs
aîles avaient à combattre deux ennemis en même
temps. La cavalerie & les Vélites qui avaient fait un
circuit pour les prendre en flanc, & les Cohortes qui les
chargeaient de front ....* Voilà ce que Tite Live nous
apprend au fujet de la bataille d'Élinge, & quoique
le récit de cet écrivain foit un peu embrouillé, il
eft cependant beaucoup plus raifonnable & plus
intelligible que celui de Polybe.

Je vais rapporter pour dernière autorité une
note anonyme, qui eft je crois du chevalier de

Folard (r): la voici .... *Scipion avait réfolu de combattre dans cette bataille uniquement par fes aîles. Son armée était bien moins nombreufe que* celle des Carthaginois ; *il voulait cependant les déborder, quoique leur front fut beaucoup plus étendu que le fien. Pour cet effet il fit marcher la gauche de l'aîle droite, & non pas l'aîle droite toute entière à droite, & ainfi de l'aîle gauche. Par ce moyen, la gauche de l'aîle droite qui défilait par les derrières devint la droite, & la droite de l'aîle gauche devint la gauche en allant fe placer au deffus de ceux qui étaient auparavant au deffus des deux aîles. Le vide que caufa ce mouvement fut fur le champ rempli par quelque chevaux & les armés à la légère (s), & moyennant*

(r) Voyés l'hiftoire de Scipion l'Africain par l'abbé Séran de la Tour, pages 67, 68 & 69, édition de 1738.

(s) Polybe & Tite Live n'en difent mot à la vérité ; ce n'eft donc qu'une conjecture de l'anonyme ; mais qui me paraît d'autant mieux fondée que Scipion ne pouvait fans imprudence laiffer entre les Légions & les Efpagnols deux grands intervalles dans lefquels les Carthaginois auraient pû fe jetter & partager l'armée Romaine en plufieurs parties. Je conviens que des Vélites & quelques chevaux n'étaient pas en état de leur réfifter s'ils euffent voulu tenter une attaque ; mais ils fuffifaient pour remplir les vides, & l'évènement prouva qu'ils en avaient impofé à l'ennemi.

cela, sans s'expofer imprudemment, Scipion vint à bout de déborder l'ennemi & de le charger en même temps en front & en flanc .... Je vais maintenant effayer de concilier les trois opinions que j'ai rapporté, & d'en tirer un réfultât fatisfaifant.

P L A N C H E
19.
Figure 3.
Après que la cavalerie 7 & les Vélites 8 fe furent formés derrière les Légions, l'armée de Scipion marcha aux ennemis, & quand elle en fut à un Stade (*t*) elle fit tout à coup halte; alors ce général voulant prolonger fa ligne & tâcher de prendre l'ennemi en flanc, (quoiqu'on le débordât à fes aîles,) ordonna aux feconde & troifième lignes d'infanterie de l'aîle droite & de l'aîle gauche de ferrer en avant fur les Haftaires (*u*). Enfuite Scipion & Silanus, chacun à l'aîle qu'ils commandaient, fe
P L A N C H E
19.
Figure 4.
mirent à la tête des trois premières Cohortes 1, & tandis qu'ils s'avançaient lentement vers l'ennemi, fuivis de trois troupes de cavalerie 2 & des Vélites 3,

---

(*t*) Le Stade valait 125 pas géométriques ou ce qui eft la même chofe 625 piés de roi.

(*u*) Lorfque les aîles de Scipion eurent exécuté ce mouvement, elles formèrent une ligne de colonne dont chacune était compofée de trois Manipules; la première des Haftaires, la feconde des Princes, & la troifième des Triaires.

le refte de l'infanterie de la droite 4 fit à droite,
& celle de la gauche à gauche, alors chaque
colonne 5, 6, 7, 8, marcha au grand pas devant
elle jufqu'à ce qu'elle fut arrivée, vis à vis de la
place qu'elle devait occuper ; celles de la droite
firent à gauche , & celles de la gauche à droite,
enfuite doublant le pas , elles vinrent fe former
obliquement à côté des trois premières Cohortes 1
(de chaque aîle) qui avaient marché en avant (v).
Tandis que ces trois colonnes 1 s'avançaient, les
troupes de cavalerie 2, & une partie des Vélites 3
qui les fuivirent, vinrent remplir l'efpace (x) que
le déplacement des troupes deftinées à augmenter le

(v) On fera peut être étonné du peu de diftance où Scipion était
des Carthaginois lorfqu'il commença à faire manœuvrer fes aîles ;
mais fi l'on fait attention à la nature de fes mouvements, on verra
qu'ils pouvaient s'exécuter fans témérité à la barbe de l'ennemi.

(x) Polybe & Tite Live ne difent pas dans la fuite de leur récit
l'ufage qu'on fit des troupes qui avaient fuivi le mouvement des
trois Cohortes d'infanterie 1 de chaque aîle. Il eft probable que cette
cavalerie fut employée à remplir l'intervalle qui fubfiftait entre les
Légions & les Efpagnols auxiliaires. Je ne vois pas à quoi elle
pouvait fervir ailleurs ; car elle devenait inutile derrière l'infanterie
qu'elle avait fuivie. Le filence de Polybe & de Tite Live donne
felon moi, beaucoup de poid aux conjectures de l'auteur de la note
anonyme que j'ai rapportée plus haut.

front avait laiſſé entre les Légions & les Eſpagnols 9.
Pendant ce temps là, la cavalerie 10 qui était reſtée
derrière l'infanterie Romaine rompit par eſcadrons,
la ſuivit dans ſes mouvements, & fila à droite & à
gauche avec des Vélites 11, pour eſſayer de dépaſſer
& de prendre en flanc les aîles des Carthaginois. Le
reſte des Vélites 12 paſſa en même temps à travers
les intervalles qui ſéparaient les colonnes, & vint
ſe répandre ſur le front de l'infanterie.

Planche
20.　Lorſque les deux aîles 1, 2 de l'armée Romaine
furent à portée de l'ennemi, les Vélites 3 accablè-
rent de traits & de pierres les Éléphants 4, ce qui les
obligea à ſe renverſer ſur les Eſpagnols 5 (auxiliaires
des Carthaginois), & pluſieurs de ces animaux
allèrent même ſe jetter ſur ces derniers 6, qui comme
nous l'avons vû plus haut occupaient le centre de
l'armée d'Asdrubal. Quand le terrein fut libre, les
colonnes de Scipion 7 & de Silanus 8 attaquèrent
bruſquement les Eſpagnols 5. Quoiqu'ils euſſent
été d'abord déconcertés par le déſordre que les
Éléphants avaient mis dans leurs rangs, ils ſe battirent avec courage; mais le bon ordre & la violence
du choc des Romains en triomphèrent, après les
avoir ſéparé du centre. La cavalerie Romaine 1, 2

Pl. 19.

Bataille d'Ilinge.

Fig. 1.

Fig. 2.

Fig. 4.

Fig. 3.

Il faut suposer que l'aîle gauche
des Romains a exécuté des mouvemens opposés à ceux de la droite

Pl. 20.

Bataille d'Elinge.

chargea plufieurs fois celle des Carthaginois & la tint en échec jufqu'à la défaite de leurs auxiliaires 5: alors Scipion & fes lieutenants renforcèrent d'un détachement d'infanterie la cavalerie qui combattait près d'eux. Ce fecours détermina la victoire ; car Asdrubal voyant fes aîles en fuite, & les Efpagnols 9 de l'armée Romaine s'avancer gravement pour atta-quer de front les Africains 6, craignit que Scipion & Silanus, avec leurs Légions victorieufes, ne les priffent en flanc & à dos, & fe retira fur des hauteurs qu'il avait derrière lui. Les Romains s'étant ébranlés pour aller de nouveau combattre les Carthaginois, ceux ci fe fauvèrent dans leur camp avec le plus grand défordre. Scipion fe difpofait à l'attaquer & à completter fa victoire par la ruine totale de l'armée d'Asdrubal, lorfqu'un orage très violent l'obligea de renoncer à ce deffein. Les Carthaginois profitè-rent de ce délai pour fe mettre en fûreté.

Remarques. La bataille d'Élinge qui peut paffer à jufte titre pour le chef d'œuvre de Scipion, eft beaucoup moins connue que celle de Zama, parce que les fuites en ont été moins importantes.

M. de Guifchard a donné une defcription de la bataille d'Élinge dans les Mémoires militaires fur les Grecs & les Romains (*y*). Cet officier, faute d'avoir bien médité Polybe & Tite Live, a manqué totalement la description qu'il en fait. Il dit (*z*), *que les Princes vinrent s'enchaffer dans les Manipules des Haftaires , & (que) les uns & les autres se trouvèrent en ligne pleine. Les Triaires s'aboutèrent à cette première ligne, & en formant les derniers rangs ils en augmentèrent la profondeur* .... Il suffit de jetter les yeux sur le passage de Polybe & celui de Tite Live que j'ai cité, pour se convaincre que ces deux historiens ne disent pas un mot qui puisse seulement faire soupçonner les manœuvres que M. de Guischard rapporte. Scipion n'avait point de raisons pour diviser ainsi les Triaires, (qui faisaient la principale force des armées Romaines,) en les répandant derrière les Manipules des Haftaires & des Princes ; d'ailleurs quel avantage pouvait il retirer de ce changement ?

M. de Guischard prétend (*&*) que Scipion ....

(*y*) Voyés cet Ouvrage, tome I page 193. Il est bon de remarquer que je me sers de l'édition de Lyon, imprimée en 1760 en deux volumes *in-8°*.

(*z*) Page 199.

(*&*) Page 200,

ordonna

ordonna aux troupes de fa droite, de faire à droite, &
à celles de fa gauche de faire à gauche. Alors fe mettant
à la pointe de la droite, comme Julius Silanus était
à la pointe de la gauche, il fit marcher les deux aîles
par leur flanc jufqu'à ce qu'elles formaffent avec
leurs pointes les deux obliques féparées du centre ....
Il eft clair que cet officier a fenti la néceffité où
Scipion était de prolonger fes aîles pour n'être pas
débordé ; mais qu'il s'eft trompé dans la recherche
des moyens qui pouvaient conduire ce général à
fon but. Si Scipion qui avait le plus grand intérêt
de cacher à Asdrubal quelle partie de fon armée il
voulait attaquer, eût fait faire à droite & à gauche
à fon infanterie pour déborder les Carthaginois,
cette manœuvre découvrait fon deffein à l'ennemi
qui aurait d'abord renforcé fes aîles (a) & fait
enfuite fon poffible pour attaquer les Efpagnols

(a) Si les aîles de l'armée Romaine avaient fait à droite & à gauche
pour s'éloigner de leur centre, Asdrubal pouvait encore remplir
avec de l'infanterie les intervalles que ce mouvement laiffait néceffairement entre les aîles & le centre, & féparer ainfi l'armée de
Scipion en plufieurs parties. Cette entreprife était d'autant plus facile
à exécuter que les deux armées n'étaient éloignées l'une de l'autre que
d'un Stade, ou environ 104 ou 105 toifes : efpace que des troupes
parcourent en un inftant.

T

auxiliaires des Romains, ce qui eût probablement rendu fans effet les tentatives de Scipion ; au lieu que la fineffe de fes manœuvres tint longtemps en fufpend Asdrubal, qui fut fpectateur de la défaite de fes aîles fans pouvoir les fecourir ; car il n'y avait plus moyen de remédier au mal lorfqu'il pénétra l'intention du général Romain.

Scipion, continue M. de Guifchard (*b*), *donna le fignal, auquel en faifant front de biais, chaque fection compofée de deux Manipules de Haftaires & de Princes, avec les Triaires qui en faifaient les derniers rangs, fit fon cart de converfion en avant.... de cette manière les deux obliques fe changèrent dans un moment en une ligne de colonnes....* J'obferverai uniquement ici que Polybe ni Tite Live ne font point mention de ces mouvements là, & qu'ils ne donnent pas même le moindre indice qui puiffe les faire foupçonner.

Cet officier nous apprend (*c*) que M. le Marquis de Bellegarde (*d*), lui fit obferver que *cette oblique*

(*b*) Page 201.

(*c*) Page 213.

(*d*) Alors colonel du régiment de Bade Dourlach, au fervice des États Généraux.

& ces carts de converſion n'étaient rien moins que néceſſaires, vû qu'il aurait été plus facile pour Scipion de former d'abord ſes colonnes en faiſant marcher comme à Zama ou à Tunis, les Princes derrière les Manipules des Haſtaires, & ceux des Triaires derrière les Princes .... Les objeƈtions de M. de Bellegarde étaient très judicieuſes & conformes à l'idée qu'on peut ſe former de la bataille d'Élinge, d'après la relation qu'en font Polybe & Tite Live.

Ces obſervations étaient écrites lorſque M. de Guiſchard a donné au public les Mémoires hiſtoriques & critiques ſur pluſieurs points d'antiquités militaires. Je me ſuis hâté d'y lire l'apologie du récit de la bataille d'Élinge, (imprimé dans les Mémoires militaires ſur les Grecs & les Romains (*e*), & comme je n'ai pas trouvé que M. de Guiſchard y réfutât aucune des objeƈtions propoſées dans ces remarques ; je les donne telles qu'elles ont été compoſées (*f*).

(*e*) Page 343 & chapitre XXVI du tome 4ᵉ des Mémoires hiſtoriques & critiques ſur pluſieurs points d'antiquités militaires.

(*f*) C'eſt l'amour de la vérité, & non l'envie de critiquer qui m'a engagé à écrire ces obſervations ; & quelques fondées qu'elles puiſſent être, elles ne doivent pas faire ſuſpeƈter les talents & les connaiſſances

§ II.

Des attaques par le centre.

LES attaques par le centre font en général fort dangereufes (*g*). On les évite avec foin , à moins que le centre de l'ennemi ne foit très faible. La feule raifon qui doive engager à entreprendre contre cette partie de fon armée, eft lorfque les autres en font flanquées par des batteries qui vous tireraient en écharpe , ou bien lorfque les points d'appui de fes aîles font de difficile accès, ou fi redoutables qu'on ne puiffe les attaquer fans témérité. Il faut encore lorfqu'on veut former quelqu'entreprife contre le centre d'une armée, que fon front ne foit protégé par aucun pofte ou par des feux croifés. On évite auffi d'attaquer le centre de l'ennemi, fi cette partie forme une concavité (*h*).

---

de M. de Guifchard qui a mérité le fuffrage le plus flatteur pour un militaire : le roi de Pruffe l'avait appellé à fon fervice.

(*g*) Elles le font furtout infiniment, lorfque les flancs de l'armée qui attaque ne font pas appuyés, & qu'on eft obligé de combattre un ennemi fupérieur en nombre.

(*h*) Si le centre de l'ennemi forme une concavité, il faut éviter avec le plus grand foin d'y donner. Il eft alors préférable de dépofter une de fes aîles à quelque prix que ce foit.

On ne doit attaquer le centre de l'ennemi qu'avec des troupes formées fur affés de profondeur (pour qu'elles ne puiffent être enfoncées ou pliées aifément (i); mais il ne faut pas non plus leur en donner trop : cela rendrait inutile une partie de vos forces); d'ailleurs des troupes rangées dans un ordre trop épais font facilement ruinées par l'artillerie.

Une armée ouverte au centre doit être battue, fi le mal n'eft bientôt réparé ; mais elle ne fera pas détruite, parce que chaque aîle peut fe retirer de fon côté. Si les aîles n'ont effuyé aucun échec, il eft poffible qu'elles renverfent celles de l'armée qui attaque ; c'eft pour cela que quand on entreprend fur le centre de l'ennemi, il faut tenir les aîles fort éloignées des fiennes, à moins que l'art ou la nature du terrein ne rendent téméraires toutes les attaques qu'on formerait contr'elles.

On trouvera dans l'appendice qui fuit ce chapitre des exemples d'attaques par le centre.

(i) Les bataillons rangés fur trois de hauteur font trop minces lorfqu'on veut entreprendre avec fuccès contre le centre de l'ennemi. Je crois donc qu'il eft alors néceffaire de former l'infanterie fur fix rangs.

ARTICLE TROISIÈME.

De l'Oblique de circonſtance.

SECTION PREMIÈRE.

De l'Oblique de circonſtance en général.

ON appelle *Oblique de circonſtance*, l'ordre dans lequel une armée, quoique n'occupant pas une poſition véritablement oblique au front de l'ennemi, peut en attaquer un ou pluſieurs points avec des parties renforcées, tandis que la nature du terrein ou l'art mettent les autres à couvert de ſes entrepriſes.

L'oblique de circonſtance eſt beaucoup plus fréquent que l'oblique de principe, attendu que la diſtribution du terrein oblige très ſouvent de faire uſage du premier, & empêche d'employer le ſecond.

Les maximes données pour l'oblique de principe (*k*), pouvant s'appliquer à l'oblique de circonſtance, je ne les rappellerai pas ici.

(*k*) Page 92 de cet Eſſai,

SECTION SECONDE.

Exemples d'Oblique de circonſtance.

§ I.

Des attaques par les aîles.

I.

Exemples d'attaques par l'aîle droite.

1. *Si l'on veut attaquer une armée* 1 *, qui a ſa* PLANCHE
droite appuyée à une rivière 2 *, le front de cette aîle* 21.
couvert par un ruiſſeau 3 *, un village* 4 *garni d'infan-* Figure 1.
terie au centre, & ſa gauche touchant à un étang 5 *,*
il faudra :

Diſpoſer d'abord vos troupes 6 vis à vis de l'ennemi (dans le même ordre que les ſiennes), & les
faire ſoutenir par une réſerve 7 d'infanterie & de
cavalerie. Lorſqu'on jugera à propos d'attaquer, la
gauche 8, le centre 9 & la droite 10 s'avanceront
vers l'ennemi. La gauche & le centre s'arrêteront à
une certaine diſtance de lui ; mais la droite s'en
approchera obliquement & s'appuîra à l'étang 5.

Pendant ces divers mouvements, l'infanterie 7 de la réserve soutiendra l'aîle droite, & la cavalerie en tournant l'étang, ira se former sur les derrières de l'ennemi (*l*). Lorsque ces manœuvres seront exécutées, la droite 10 & la cavalerie qui a tourné l'étang, chargeront la gauche de l'armée 1 avec la plus grande vigueur. Si l'ennemi détache des troupes pour aller au secours de sa gauche, celles qui se trouveront en face des parties dégarnies, feindront de vouloir les attaquer (*m*).

La cavalerie de la gauche de l'armée 1 enfoncée, celle 10 se formera sur le flanc de l'infanterie ayant à dos l'étang 5. L'infanterie 12 soutenue de la réserve 7 s'approchera de celle qu'elle a en tête & l'attaquera de front, tandis que l'aîle 10 jointe à la cavalerie (qui avait tourné la gauche de l'ennemi) la chargeront en flanc & par derrière. Cette infanterie

(*l*) Une partie 11 de cette cavalerie se disposera de manière à assûrer le flanc du reste contre les entreprises de l'ennemi, s'il détachait des troupes pour aller au secours de son aîle gauche.

(*m*) Il est presque sûr que cette démarche empêchera l'ennemi de renforcer sa gauche, parce que s'il dégarnissait son centre ou sa droite, les troupes 8, 9 qui se trouvent en face de ces parties leur étant alors fort supérieures, elles pourraient les attaquer avec beaucoup d'avantage.

culbutée,

culbutée, on prendra auſſitôt le village 4 à revers, & on continûra de mettre ainſi ſucceſſivement en fuite les différentes parties de l'armée 1.

2. *Je ſupoſe qu'une armée qui a ſa droite ap-* *puyée à un bois* 1, *ſa gauche à un marais* 2, *& un* *village* 3 *au centre, veut attaquer la gauche* 4 *de* *l'ennemi* 5.

PLANCHE 21. Figure 2.

L'aîle droite de l'armée qui attaque quittera l'appui du bois 1 pour charger la gauche 4 de l'ennemi. La cavalerie 7 ſe portera par un circuit ſur le flanc & les derrières de l'aîle 4. Si la droite 8 de l'armée 5 voulait attaquer la gauche 9, celle ci reculera toujours en obſervant cependant de ne pas quitter l'appui du village 3 (*n*), dont le feu 11 raſant le front de l'aîle 9, empêchera qu'on ne la ſuive dans ſes mouvements.

3. *Si avec une armée dont la droite appuye à un* *bois* 1, *la gauche à un marais* 2, *& qui a un étang* 3 *au centre, on veut attaquer la gauche de l'ennemi* 4, *il faudra*: Garnir d'infanterie & de canon le bois 1, ranger de la cavalerie & de l'infanterie 6 entre le

PLANCHE 21. Figure 3.

(*n*) Des eſcadrons 10 de la ſeconde ligne augmenteront le front de la première, à meſure que l'aîle 9 s'éloignera du marais, afin de ne pas en perdre la protection.

V

bois & l'étang 3 , & d'autres troupes 7 & 8 derrière
le ruiſſeau 9. On établira l'artillerie 10 ſur le front
de la première ligne & derrière l'étang. Lorſqu'on
jugera à propos d'engager l'action , partie de l'infanterie qui garde le bois en ſortira pour charger de
front la gauche 5 de l'ennemi, en même temps que
la cavalerie 11 qui a fait un circuit , l'attaquera en
flanc & par derrière. Si l'ennemi dégarniſſait les
autres parties à ſa diſpoſition pour les porter à ſa
gauche , on renforcera les troupes qui combattent
avec celles qu'on tirera de la gauche , qui étant
couverte par un ruiſſeau 9 , n'aura rien à craindre
quelqu'affaiblie qu'elle ſoit.

2.

Exemples d'attaques par l'aîle gauche.

Bataille
du Métaure (o).
PLANCHE
22. 1. Asdrubal ayant été forcé par les victoires des
Romains d'abandonner l'Eſpagne , paſſa en Italie
avec une nombreuſe armée , & vint mettre le ſiége
devant Plaiſance. L'approche de l'armée Romaine

(o) Nom ancien d'un fleuve d'Italie qui s'appelle actuellement le
Métro. Cette bataille eſt rapportée au chapitre 1ʳ du livre XI de Polybe,
& aux pages 124 & 125 du tome 6ᵉ des Commentaires de Folard
ſur cet Hiſtorien. Tite Live en parle au livre VII de la 4ᵉ décade.

Pl. 27.

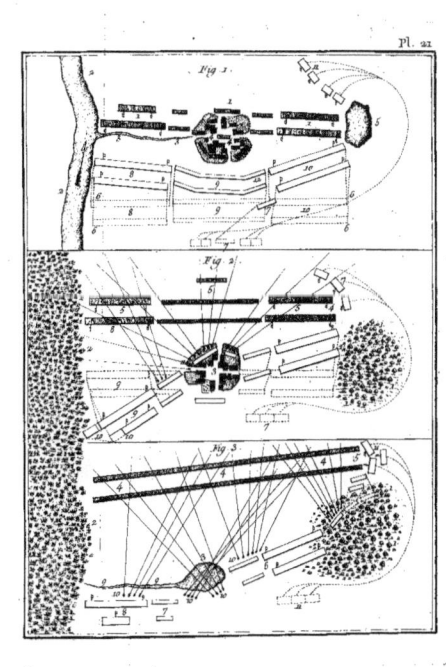

Fig 1.

Fig 2.

Fig 3.

aux ordres du Conful M. Livius le lui fit lever.
Il réfolut alors d'aller joindre fon frère Annibal.
Cl. Néron collégue de Livius, ayant appris le
projet de cette jonction, réfolut de l'empêcher. Il
choifit pour cet effet dans l'armée qu'il commandait
contre Annibal 6000 hommes d'infanterie & 1000
de cavalerie, partit fecrettement, & arriva au camp
de Livius.

L'armée des Confuls montait à 80000 hommes
tant infanterie que cavalerie. Le lendemain de la
jonction, les Romains rangés dans l'ordre fuivant,
préfentèrent la bataille aux ennemis. Néron ayant
à fes ordres l'infanterie 1 qu'il avait amenée occupait
la droite, l'infanterie 2 du prêteur L. Porcius le
centre, & celle du conful Livius 3 la gauche. Nous
ignorons quelle fut dans cette journée l'ordonnance
particulière de l'infanterie; il eft vraifemblable
qu'elle était rangée felon la manière accoutumée (p);

―――――――――――――――――――――――

(p) Ce qui me fait penfer ainfi, c'eft que dans le courant de
l'action les Éléphants des Carthaginois troublèrent les rangs des
Romains, ce qui ne ferait pas arrivé fi les Manipules avaient été
difpofées les unes derrière les autres, ou en colonnes avec des
intervalles entre elles; ou du moins le défordre aurait été fi léger,
que l'hiftoire n'en eût pas fait mention.

c'eſt à dire que les Manipules des Princes étaient diſpoſées vis à vis les intervalles des Haſtaires , & les Manipules des Triaires vis à vis les diſtances des Princes. Les Vélites 4 furent répandus ſur le front de l'armée vis à vis les intervalles de la première ligne.

On ne peut déterminer la force de l'armée d'Asdrubal ; on ſait uniquement qu'elle était très nombreuſe , & le carnage qu'en firent les Romains le prouve aſſés. Ce général plaça à la droite les Eſpagnols 5 troupes fort aguerries, & dans leſquelles il avait beaucoup de confiance. Les Liguriens 6 occupaient le centre , & les Gaulois 7 la gauche. Ces derniers étaint couverts par une colline d'un abord impraticable (*q*). Les Éléphants 8 furent

---

(*q*) Comme il eſt abſolument eſſentiel pour l'intelligence de la bataille d'avoir une idée de la ſituation du terrein, je vais rapporter les paſſages de Tite Live & de Polybe qui peuvent donner quelques lumières à cet égard. Tite Live dit qu'*Asdrubal ordonna à ſes troupes de continuer leur marche le long du Métaure , & qu'il n'avança pas beaucoup en ſuivant les bords ſinueux de ce fleuve. Il voulait le paſſer dès qu'il ferait jour ; mais comme.... il était renfermé dans des rives.... eſcarpées , il ne trouva point de gué aſſés tôt , ce qui donna le temps aux Romains de le joindre ....* Polybe en détaillant la diſpoſition d'Asdrubal, dit qu'*il renferma toute ſon armée dans un petit terrein,*

placés devant les Liguriens. Asdrubal se posta au centre de son armée derrière les Éléphants.

Polybe & Tite Live ne font pas mention de l'endroit où les Romains & les Carthaginois placèrent la cavalerie. Il est cependant très sûr qu'elle se trouva à la bataille ; car Tite Live nous apprend que : *Néron arriva le premier avec toute sa cavalerie en présence de l'ennemi* .... & dans un autre endroit il dit : ... *Là était la plus grande partie de l'infanterie & de la cavalerie des Romains* .... Ces passages suffisent uniquement pour prouver que la cavalerie des deux partis assista à l'action ; mais ils nous laissent du reste dans l'ignorance. Je crois qu'on rangea toute la cavalerie des Romains 9 entre le fleuve 12 & le flanc gauche de leur infanterie, & qu'Asdrubal lui opposa la sienne 10. Voici mes raisons : Il eût été inutile de placer de la cavalerie à la droite de

---

& peu après il ajoute que *la difficulté des lieux l'engagea à commencer le combat par l'attaque de la gauche des Romains.* On peut conclure du premier passage, que les Romains & les Carthaginois se trouvaient dans une plaine bornée, d'un côté par des montagnes, & de l'autre par le Métaure ; le second prouve clairement que la gauche d'Asdrubal touchait aux montagnes, & que les Romains y avaient appuyé leur droite.

l'armée Romaine, où le terrein raboteux & difficile était si impropre pour y faire manœuvrer de la cavalerie, que l'infanterie comme on le verra dans la suite, ne put jamais franchir l'espace qui la séparait de la gauche de l'ennemi. Cette même raison existe du côté d'Asdrubal.

Asdrubal ordonna aux Espagnols & aux Liguriens d'engager le combat. Les troupes de Livius & du Préteur se battaient sans succès marqué, lorsque Néron après avoir essayé en vain plusieurs fois de gravir sur l'éminence qui couvrait la gauche de l'ennemi, afin d'attaquer les Gaulois qu'il avait en tête ; ne voulant pas rester spectateur du combat, détache quelques Cohortes 11 de son aîle droite, se met à leur tête, tourne par derrière le champ de bataille, dépasse la gauche de l'armée Romaine, & vient charger en flanc & par derrière la droite des Espagnols opposés à Livius. L'attaque imprévue de Néron déconcerta l'ennemi. Les Romains s'appercevant alors de l'arrivée de ce renfort retournèrent à la charge avec beaucoup d'ardeur. Les Éléphants d'Asdrubal prirent l'épouvante, & incommodèrent également les deux armées. Les Espagnols & les Liguriens attaqués de front, en flanc & par derrière,

furent taillés en pièces. Néron étant parvenu juſqu'aux Gaulois y trouva peu de réſiſtance, & en fit
un grand carnage pour ſe dédommager de n'avoir
pû les joindre plutôt. Ce dernier avantage rendit la
victoire des Romains complette.

Je n'ai pas parlé juſqu'ici de ce que fit la cavalerie
des deux armées; il faut ſe borner à des conjectures
ſur ce qui la regarde, puiſque Polybe & Tite Live
le laiſſent ignorer. Je crois qu'elle livra un combat
indépendant de celui de l'infanterie. Je hazarde
même à avancer que la cavalerie Romaine battit
celle des Carthaginois, & qu'elle la pourſuivit au
delà du champ de bataille (r); car lorſque Néron
vint avec une partie de l'aîle qu'il commandait pour
prendre en flanc & à dos la droite de l'ennemi, on ne
dit pas qu'il eût été embaraſſé dans ſes mouvements
par la cavalerie, ce qui ſerait immanquablement
arrivé ſi elle avait occupé alors ſon premier poſte;
au lieu que la manœuvre du Conſul qui n'éprouva

(r) Je crois que la cavalerie Romaine en revenant de pourſuivre
celle d'Asdrubal, rencontra ſon infanterie qui fuyait, & qu'elle en
fit un grand carnage. Cette opinion rend Tite Live plus croyable ſur
le nombre des morts. Voyés la note ſuivante.

aucun obſtacle fut ſi prompte & ſi rapide, que l'armée Romaine même ne l'apprit que par le brillant ſuccès dont elle fut ſuivie. Je me garde bien de donner ceci comme certain. Je dis ce qui me paraît vraiſemblable, & le lecteur jugera à ſa guiſe de la validité de mes conjectures.

Asdrubal & 56000 (s) hommes de ſes troupes périrent dans le combat. Les Romains firent en outre 5400 priſonniers, & perdirent environ 8000 hommes.

La nuit qui ſuivit le gain de la bataille, Néron partit avec ſes troupes pour rejoindre ſon armée.

Remarques. L'infanterie que les Romains placèrent derrière la colline, où elle était inutile, prouve qu'ils ſe mirent en bataille ſans avoir reconnu le terrein; ce qui était une négligence impardonnable.

(s) Je ne diſſimulerai pas que le nombre des morts doit paraître inoui. Quoiqu'il en ſoit, il eſt conſtant que la perte des Carthaginois fut très conſidérable, & le mot ſuivant de Livius le prouve. Quelqu'un lui ayant dit qu'un gros de Liguriens & de Gaulois échapés du carnage ſe retiraient en déſordre, & qu'une poignée de cavaliers ſuffiſaient pour les détruire: *Il eſt bon,* répliqua-t-il, *qu'il s'en ſauve quelques uns pour annoncer notre victoire.* Cette réponſe du Conſul ſerait ridicule, ſi comme l'avance Polybe, les Carthaginois n'avaient perdu que 10000 hommes,

Quoi

Pl. 22.

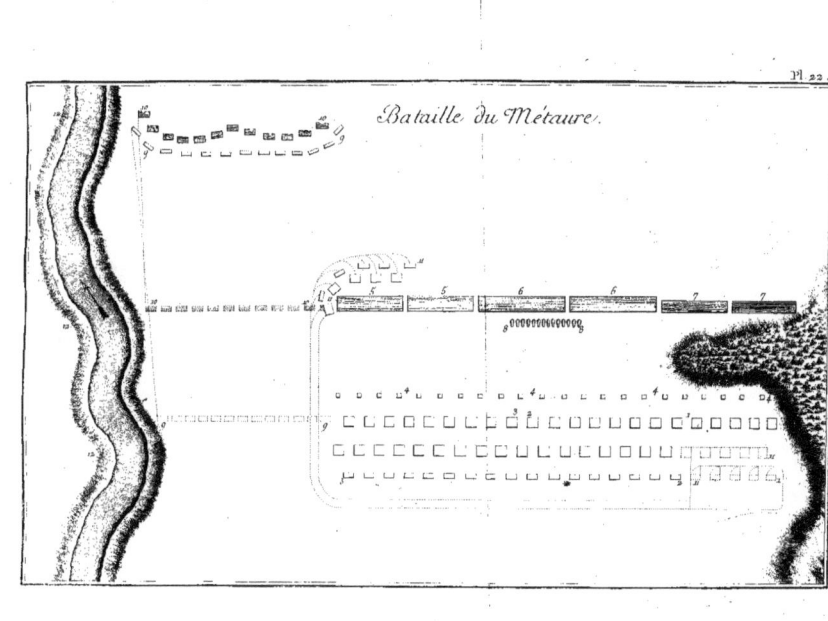

Bataille du Métaure.

Quoi qu'Asdrubal fe foit conduit en homme courageux, il n'eft pas exempt de blâme. On peut lui reprocher: 1 la même faute qu'aux Romains.

2. De n'avoir pris aucune précaution pour couvrir fon flanc droit en cas que fa cavalerie fût pouffée.

3. Enfin, ayant fans doute appris peu après le commencement du combat que l'éminence qui couvrait fa gauche était impraticable, il devait fupofer que Néron après avoir fait fes efforts pour joindre les Gaulois, loin de refter dans l'inaction tenterait quelqu'entreprife; pourquoi donc ne pas tirer ces troupes de leur pofte pour en couvrir la droite, ou pour les oppofer au Conful par tout où il fe fût préfenté ?

Le comte G. L. de Naffau a donné dans le livre intitulé: Annibal & Scipion, ou les grands Capitaines (1), une defcription de la bataille du Métaure contraire dans prefque tous fes points, à ce que Polybe & Tite Live nous apprennent de cette victoire des Romains.

_____

(1) Page 78 de l'édition de 1675, & page 81 de celle imprimée en 1768.

X

2. Les Alliés à la bataille de Ramilli (*u*) attaquèrent avec leur gauche l'aîle droite des Français.

Le maréchal de Villeroi ayant appris que le duc
de Marlboroug s'avançait pour le combattre, mit
son armée en bataille (*v*). La droite 1 & la gauche 2
formées de cavalerie appuyaient, la première à la
tombe d'Otomont, & la seconde au village d'O-
tréglise qu'on garnit d'infanterie, de même que
Franquenies, Ramilli & Offuz qui se trouvaient
sur le front de l'armée. Toute la gauche 2 & une
partie du centre 3 étaient rangés le long des bords
marécageux de la petite Géette. On plaça l'artillerie 4
devant la gauche, près d'Offuz & sur un des flancs
de Ramilli.

Les Alliés (*x*) appuyèrent leur droite 5 au village
de Foulz, & poussèrent leur gauche 6 jusqu'au près
de Franquenies. L'artillerie 7 fut répandue sur le
front de la première ligne.

(*u*) La bataille se donna le 23 mai 1706.

(*v*) Elle était forte de 40000 hommes d'infanterie, & de 35000
de cavalerie ou dragons.

(*x*) L'armée des Alliés montait à 35000 hommes d'infanterie, &
à 29000 de cavalerie.

Le duc de Marlboroug voulut d'abord s'emparer d'Otréglife ; mais ayant reconnu que la petite Géette & les marais qui la bordent étaient impraticables , & que par conféquent il ne pouvait attaquer la gauche 2 des Français, tira de fa droite 50 efcadrons qui vinrent fe former derrière la gauche 8 (*y*). Il détacha auffi quelques bataillons 9 pour attaquer Franquenies. L'Électeur de Bavière fit auffitôt mettre pié à terre à quatorze efcadrons de dragons 10 , qui avaient été deftinés à renforcer la droite (*z*), & les envoya foutenir l'infanterie poftée dans ce village. Ces divers mouvements durèrent plus de cinq heures. Le maréchal de Villeroi les vit fans inquiétude & ne changea rien à fa difpofition.

Un corps d'infanterie 11 précédé de 24 pièces de canon attaqua Ramilli. Pendant ce temps là les Alliés s'emparèrent de Franquenies & du chemin de Tavière 12, & occupèrent peu après ce village. Leur cavalerie 13 marcha enfuite à celle

---

(*y*) On y laiffa feulement leurs chevaux qui s'effarouchèrent au bruit de l'attaque & s'enfuirent.

(*z*) Les Alliés renforcèrent auffi la gauche de leur infanterie avec celle qu'ils tirèrent de la droite.

de France 14 dont la première ligne n'eût pas le
temps de remplir ses intervalles (&) avec la seconde
qui en était trop éloignée, & dont les équipages (*a*)
embarassaient les mouvements. L'ennemi chargea
donc la première ligne qui fit la plus vigoureuse
résistance, & rompit même les escadrons qu'elle
avait en tête ; mais une partie du front contigu des
Alliés pénétra par les intervalles des escadrons, &
les prenant en flanc & à dos les défit entièrement.
Les ennemis 15 se mirent aussitôt en bataille sur le
flanc droit des troupes 16 qui n'avaient pas encore
combattu (*b*).

Après ce succès, les Alliés réussirent à chasser
l'infanterie de Ramilli. L'attaque avait d'abord
commencé par la tête du village ; mais le duc

(&) La cavalerie Française était formée sur deux lignes tant
pleines que vides ; au lieu que celle des Alliés était rangée sur
quatre lignes pleines.

(*a*) Quoique le maréchal de Villeroi eut appris de bonne heure
que l'ennemi marchait à lui, il ne se débarassa pas des équipages qui
restèrent entre les deux lignes, dont ils gênèrent les mouvements
pendant toute la bataille.

(*b*) Le duc de Marlboroug dût surtout la défaite de la cavalerie
Française à un corps d'infanterie 17 qui la prit en flanc pendant
qu'on en était aux mains.

de Marlboroug voyant que la première ligne du maréchal de Villeroi était trop éloignée pour le foutenir, & que les flancs étaient peu ou point garnis de troupes, ordonna à l'infantèrie 18 de venir fe former fùr le flanc droit du village : ce mouvement l'en rendit maître. Dès que Ramilli fut forcé, l'infanterie 19 & la cavalerie 20 de la droite des ennemis débouchèrent entre ce village & Offuz. Toute la droite des Français prit alors la fuite & abandonna fon canon ; l'infanterie & la cavalerie de la gauche fe retirèrent affés en ordre ; mais à l'approche de la nuit tout fe débanda.

Les Français perdirent 2000 hommes tués, un très grand nombre de prifonniers, 100 pièces de canon, & la plus grande partie de leurs équipages. Les Alliés eurent environ 4000 hommes tués. La perte de la bataille de Ramilli entraîna celle de tous les Pays-bas Efpagnols.

Remarques. Voici les fautes que commit le maréchal de Villeroi.

1. Il ne changea pas la moindre chofe à fa difpofition (*c*), malgré le confeil qu'on lui donna

---

(*c*) M. de Gaffioh & plufieurs autres officiers généraux, repréfentèrent inutilement au maréchal de Villeroi, qu'il devait fans

plufieurs fois de la régler fur celle qu'on voyait faire à l'ennemi.

2. Le village de Franquenies, qui par fa pofition devenait un pofte important & un point d'appui affûré pour la droite de l'armée fut trop négligé.

3. On n'y appuya pas l'aîle droite, de forte qu'il y refta entr'elle & ce pofte un vide dont les Alliés profitèrent.

4. L'infanterie & la cavalerie de la droite étaient trop faibles pour réfifter aux troupes que l'ennemi leur oppofa.

5. On ne mit pas affés d'infanterie dans Ra- m i (*d*).

---

perdre de temps, dégarnir la gauche pour renforcer la droite, & rapprocher les deux lignes de l'armée.

(*d*) L'infanterie qui défendait Ramilli confiftait en quelques bataillons étrangers & recrutés de prifonniers ou de déferteurs ennemis; encore était elle fi peu nombreufe, que ce pofte fut forcé, tandis que les troupes qui le gardaient tâchaient d'en défendre la tête. On avait même négligé d'ouvrir les haies de ce village du côté de la première ligne, ce qui le rendit indépendant du refte de l'armée. A cet oubli on en ajouta un autre; c'eft que le peu de bataillons qu'on y avait mis pour le défendre ne fe communiquait pas, étant féparés par les haies des jardins & des vergers qu'on aurait dû couper.

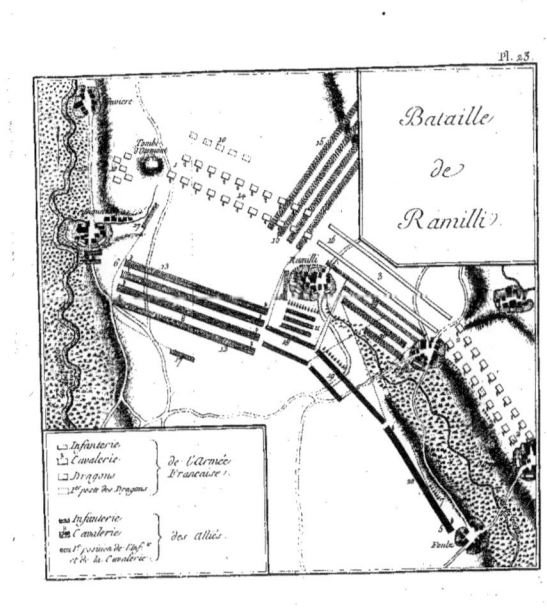

Pl. 23

Bataille
de
Ramilli

Infanterie
Cavalerie
Dragons
1.er poste des Dragons
} de l'Armée
Française

Infanterie
Cavalerie
1.er position de l'Inf.rie
et de la Cavalerie
} des Alliés

6. On éloigna trop de ce poſte la droite de l'infanterie qui aurait dû être à portée de le ſoutenir.

7. La moitié de l'armée ayant été poſtée le long des marais & de la petite Géette, fut inutile & ne tira pas un coup de fuſil (e).

8. La ſeconde ligne était trop éloignée de la première.

9. Le maréchal de Villeroi ne ſe ménagea point de réſerve.

10. Enfin il ne ſe débaraſſa pas des équipages qui reſtèrent entaſſés entre les deux lignes.

Examinons préſentement la diſpoſition qu'on devait faire ſur le terrein de Ramilli.

Les villages de Franquenies, de Ramilli & d'Offuz étant des poſtes de la dernière importance, il fallait les garnir de beaucoup d'infanterie 1 avec de l'artillerie, & placer derrière des corps d'infanterie 2 (f)

PLANCHE 24.

(e) Cette faute eſt impardonnable, ſoit qu'on admette que le maréchal de Villeroi croyait les marais & la petite Géette praticables ou non. S'il avait reconnu le champ de bataille, pourquoi placer des troupes le long des marais où elles ne pouvaient ſervir? S'il ne l'avait pas reconnu, on ne peut le juſtifier d'avoir rangé ſon armée ſur un terrein dont il ignorait les propriétés & les inconvénients.

(f) On pouvait les diſpoſer en colonnes ou en lignes.

pour rafraîchir de temps en temps les troupes deſtinées à les défendre (*g*). Derrière le marais, ſitué ſur le flanc droit de Ramilli, on eût poſté de l'infanterie 3 avec du canon 4 pour battre en écharpe les troupes ennemies qui attaquaient la tête de ce village. On devait diſpoſer près du flanc gauche de Ramilli de l'infanterie 5 avec de l'artillerie pour tirer ſur le flanc de la cavalerie ou de l'infanterie des Alliés, lorſqu'elle ſe ferait avancée entre Ramilli & Franquenies, pour charger la cavalerie 6 qui devait être rangée ſur trois lignes pleines (*h*). Comme l'armée Françaiſe était plus nombreuſe qu'il ne fallait pour garnir le champ de bataille depuis Offuz juſqu'à Franquenies, on pouvait poſter le long des marais qui bordent la Géette, un certain nombre de bataillons 7 & d'eſcadrons 8 pour obſerver les mouvements des troupes que les Alliés y laiſsèrent, & former du reſte de

---

(*g*) Cette diſpoſition eût été d'autant plus avantageuſe, que les Alliés ne pouvaient attaquer par le flanc les colonnes (deſtinées à rafraîchir ou à renforcer les troupes poſtées dans les villages).

(*h*) La droite de la cavalerie aurait appuyé au village de Franquenies, & la gauche au corps d'infanterie poſté près du flanc de Ramilli.

l'infanterie

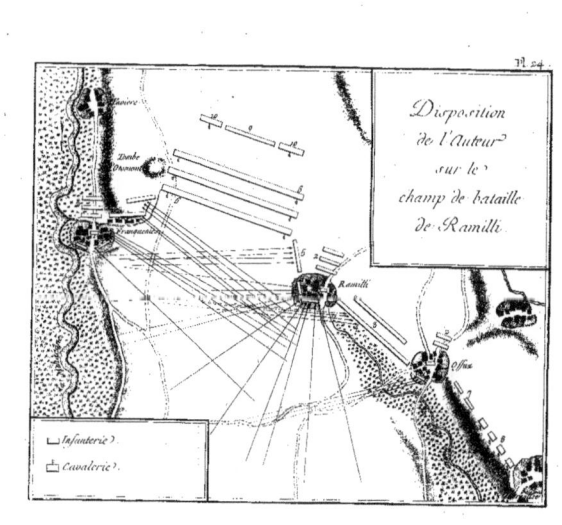

Pl. 24.

Disposition
de l'Auteur
sur le
champ de bataille
de Ramilli.

Infanterie.

Cavalerie.

l'infanterie 9 & de la cavalerie 10 une réferve, pour foutenir la droite de l'armée.

Le maréchal de Villeroi pouvait encore, comme le prétend M. le comte de Turpin, faire *jetter un pont fur la Méhaigne, en arrière du village de Tavière, & placer une batterie de canon, foutenue de quelques bataillons & de quelques efcadrons fur la rive oppofée pour prendre à revers l'ennemi ....* (i).

3. L'armée Autrichienne compofée de 50000 hommes, & commandée par le Feld-maréchal Browne s'avança jufqu'à Lowofitz 1 (k) au devant de celle du roi de Pruffe (l) conduite par ce prince en perfonne. Le général Autrichien pofta la droite de fa cavalerie 2, rangée fur plufieurs lignes, entre le village de Sulowitz 3 & celui de Lowofitz 1 qu'il fit occuper par de l'infanterie. L'infanterie rangée fur deux lignes 4, s'étendait derrière le village 3, le parc 5, & les marais de Sulowitz 6. La gauche

Bataille de Lowofitz. PLANCHE 25.

_____

(i) Voyés le tome II des Commentaires fur les mémoires de Montécuculli, page 105 de l'édition *in*-8° imprimée en 1770.

(k) Lowofitz eft fitué à la gauche de l'Elbe. La bataille fe donna le 1 octobre 1756.

(l) L'armée Pruffienne montait à environ 40000 hommes.

Y

formée de cavalerie 7 , appuyait au village de Tschifchkowitz 8. Les huffards 9 couverts d'un petit ruiffeau furent poftés près de Sulowitz. On plaça la réferve 10 compofée d'infanterie & de cavalerie derrière le centre de l'armée , & l'artillerie 11 fur le front de l'infanterie : on en établit en outre deux batteries , la première 12 à l'extrémité du village de Lowofitz , pour protéger 2000 Croates 13 ou autres troupes irrégulières qui défendaient des vignes , & la feconde 14 en avant de la droite de Sulowitz : cette dernière batterie était foutenue par quelqu'infanterie 15.

L'armée du roi de Pruffe déboucha fur deux colonnes par la gorge de Welmina , & fe mit en bataille dans le vallon de Lowofitz , & fur les hauteurs du grand Lobofchberg & de Radoftitz. La première ligne 16 était toute d'infanterie , quelques bataillons 17 formèrent la feconde , & la cavalerie 18 fut rangée fur trois lignes dans le vallon. Le roi fit couvrir fes deux flancs par quelques bataillons 19. Les huffards 20 fe poftèrent le long d'un chemin qui venait de Radoftitz. On établit une batterie 21 fur une hauteur à la droite de l'armée , une autre 22 près des vignes devant le centre de l'infanterie , & une troifième 23 fur le côteau de Lobofchberg.

Il s'éleva à la pointe du jour un brouillard épais qui empêcha pendant quelque temps les deux armées d'en venir aux mains : il fe diffipa à fept heures du matin , & le combat commença auffitôt entre la gauche des Pruffiens & les Croates qui gardaient les vignes. Les Autrichiens détachèrent de l'infanterie 24, qui en tournant les hauteurs du petit Lobofchberg, tombèrent fur le flanc de la gauche du roi ; la précaution que ce prince avait pris d'affûrer fes flancs, rendit cette tentative inutile. La cavalerie 25 s'ébranla pour charger celle du maréchal Browne ; le feu des troupes poftées dans les vignes, & celui de la batterie de Sulowitz l'obligea à fe retirer derrière fon infanterie : elle en déboucha une feconde fois pour charger celle des Autrichiens & la contraignit à reculer ; mais l'artillerie de Sulowitz , & le feu des Croates qui défendaient les vignes la prenant en flanc , lui causèrent une perte fi confidérable en hommes & en chevaux , qu'elle fe retira de rechef derrière l'infanterie (m). L'infanterie de la gauche de l'armée

_____

(m) Elle ne combattit plus pendant le refte de l'action.

Y 2

Autrichienne voulut traverser le village de Sulowitz pour attaquer la droite des Pruffiens , mais le canon 21 l'obligea de renoncer à ce deffein. Pendant ce temps là l'infanterie Pruffienne 26 chaffa les Croates des vignes, & après les avoir traverfé vint attaquer Lowofitz par le flanc 27. Les Autrichiens s'y défendirent avec courage. L'artillerie du roi ayant tiré à boulets rouges fur Lowofitz y mit le feu, ce qui obligea l'infanterie qui fe trouvait entre le feu du village & celui de l'attaque d'en fortir. Les Pruffiens l'occupèrent auffitôt. Les deux partis eurent chacun environ 3000 hommes tant tués que bleffés , & s'attribuèrent la victoire; mais les Autrichiens ayant été chaffés des vignes & du village de Lowofitz , on peut en inférer qu'ils étaient mal fondés dans leurs prétentions.

Remarques. On peut reprocher quatre fautes au maréchal Browne.

1. Il rendit inutile la moitié de fon armée en la plaçant derrière le village , le parc & les marais de Sulowitz (*n*).

(*n*) Les tentatives que firent les Autrichiens pour déboucher par le village de Sulowitz afin d'attaquer la droite de l'armée Pruffienne,

Pl. 25

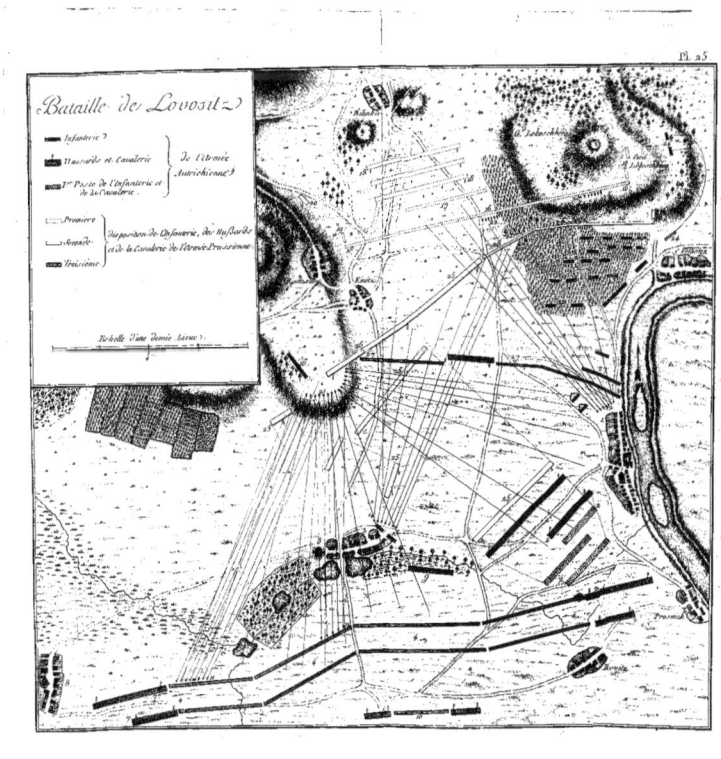

Bataille de Lovositz

2. Il fe contenta de pofter 2000 Croates dans les vignes, au lieu d'employer de l'infanterie d'élite pour les garder. Il n'était pas vraifemblable que des troupes irrégulières puffent réfifter à de l'infanterie bien exercée & fupérieure en nombre.

3. La droite de l'armée Autrichienne fut trop éloignée des vignes, & ne put foutenir les troupes qui les défendaient.

4. Enfin, lorfque les Pruffiens eurent chaffé les Croates des vignes, il ne fit aucun effort pour re-gagner ce pofte ou pour empêcher l'ennemi de déboucher dans la plaine.

Il me femble que le maréchal Browne pouvait tirer meilleur parti de fon champ de bataille. Voici une difpofition qui me paraît préférable à celle qu'il employa.

Il fallait pour défendre les vignes un corps de bonne infanterie 1, qui étant foutenu par une réferve 2 pouvait réfifter aux efforts de la gauche des Pruffiens. On eût réfervé des troupes 3 pour

PLANCHE
26.

---

prouvent qu'ils fentirent le vice de leur difpofition ; mais il n'était plus temps d'y remédier.

tomber fur le flanc de l'ennemi (*o*). La cavalerie 4
rangée fur plufieurs lignes, la droite appuyée aux
vignes, & la gauche au village de Kinitz, devait
être foutenue par une réferve 5 d'infanterie & de
cavalerie. Il fallait garnir d'infanterie 6 Kinitz,
Radoftitz, l'efpace compris entre ces villages & les
hauteurs de Radoftitz. On eût employé le refte de
l'infanterie à former une réferve 7 derrière la gauche.
L'artillerie 8 devait être placée à droite & à gauche
de la cavalerie, entre Kinitz & Radoftitz (*p*), &
fur les hauteurs de ce dernier village.

Voici une autre difpofition (*q*) que le maréchal
Browne pouvait encore employer.

PLANCHE
27.
Elle confiftait à appuyer la droite de l'infanterie 1

(*o*) Nous avons vû (page 171) que des troupes Autrichiennes
tombèrent durant l'action fur le flanc gauche des Pruffiens ; mais
qu'elles étaient fi peu nombreufes, qu'un ou deux bataillons les
empêchèrent de rien entreprendre ; il fallait donc détacher à cet
effet un corps beaucoup plus confidérable que celui que le maréchal
Brown y employa, & même y joindre tous les huffards qui ne fervirent
à rien derrière le ruiffeau où ils furent poftés.

(*p*) Il fallait joindre aux troupes deftinées à défendre les vignes
quelques pièces de canon de campagne s'il avait été poffible de les
y conduire.

(*q*) Elle ne diffère de la précédente que dans l'arrangement des
troupes de l'aîle droite,

Pl. 26.

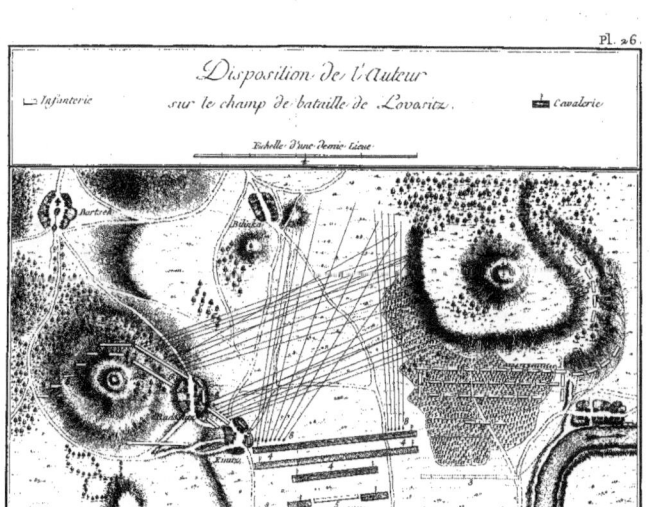

Disposition de l'Auteur
sur le champ de bataille de Lovositz.

Infanterie   Cavalerie

Echelle d'une Demie-Lieue

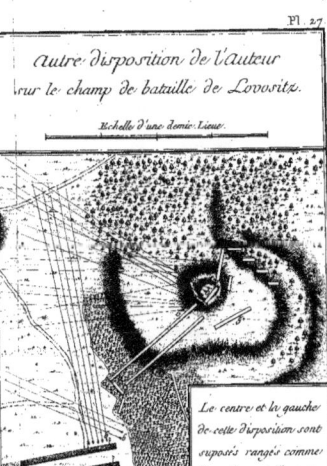

Pl. 27.

Autre disposition de l'auteur
sur le champ de bataille de Lovositz.

Echelle d'une demie Lieue.

Le centre et la gauche
de cette disposition sont
suposés rangés comme
dans la précédente.

au grand Lobofchberg , difpofer un corps 2 pour en couvrir le flanc, en pofter d'autres 3 en échellons, pour empêcher de tourner cette aîle dont on pouvait affûrer la tête par un abatis 4. Il fallait employer le refte de l'infanterie à former une réferve 5 derrière l'aîle droite. L'artillerie 6 placée fur le grand Lobofchberg, & aux endroits indiqués dans la difpofition précédente eût croifé fon feu dans plufieurs endroits.

3.

Exemples d'attaques par les deux aîles.

1. *Si l'on eft obligé de combattre une armée, dont* P L A N C H E
la droite appuye à un marais 1 *, la gauche à une*   28.
rivière 2, *& qui a fon centre couvert par un étang* 3   *Figure* 1.
& un ruiffeau 4, *on ne pourra entreprendre que contre*
fes deux aîles.

Tandis que les troupes 5 s'avanceront vers l'ennemi, celles 6 qui ont en face l'étang 3 (& qui par cette pofition ne peuvent combattre) doubleront derrière les premières. Ces forces rangées devant le ruiffeau , & fupérieures à celles 7 qui doivent en défendre le paffage, feindront de le vouloir forcer & empêcheront l'ennemi de s'affaiblir pour renforcer les autres parties de son armée. Après que l'artillerie 8 aura fait plusieurs décharges contre les aîles 9, 10 de l'ennemi, la cavalerie 11, 12 suivie de ses réserves 13, 14 les chargera avec vigueur. Le combat de cavalerie engagé, on tournera l'artillerie 8 contre l'infanterie 7.

PLANCHE 28. Figure 2.

2. *S'il est nécessaire de déposter une armée qui a sa droite appuyée à un marais* 1 *, sa gauche à une rivière* 2 *, & son centre couvert par un village* 3 *, il faut* :

Faire avancer à une certaine distance du village, le centre 4, disposé de manière à convaincre l'ennemi qu'on a dessein d'attaquer cette partie de son armée, en même temps qu'on en poussera les aîles 5, 6. La cavalerie 7, 8 suivie de ses réserves 9, 10 marchera à celle de l'ennemi en observant de s'avancer inégalement, pour ne pas prêter le flanc aux troupes & à l'artillerie placées dans le village. Dès que la cavalerie 7, 8 aura fait son mouvement, de l'infanterie 11, 12 tirée de la seconde ligne remplira l'espace laissé entre les aîles & le centre. On dirigera l'artillerie 13 contre différentes parties de l'armée attaquée.

3.

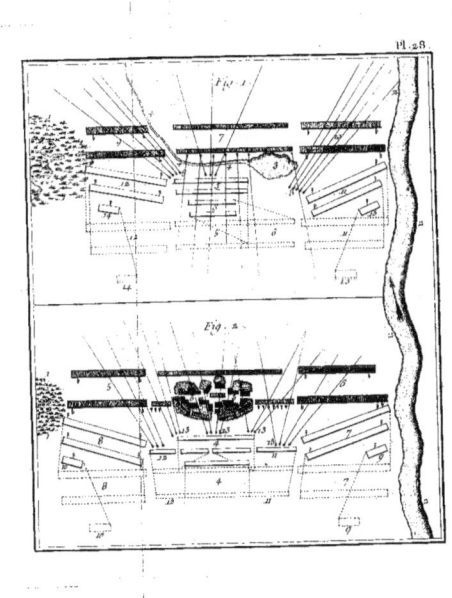

Pl. 28.

Fig. 1.

Fig. 2.

3. Le duc d'Enguien (*r*) alarmé de la fituation
de Rocroi, qu'une armée Efpagnole forte de 27000
hommes affiégeait, réfolut d'aller la combattre.
L'endroit le moins difficile par où l'on pût pénétrer
dans la plaine de Rocroi, était un défilé d'environ
un cart de lieue de long; mais le terrain fangeux &
embaraffé de bruyères épaiffes rendait l'entreprife
fort difficile. Les Français furmontèrent heureufe-
ment ces obftacles.

Dès que le duc d'Enguien fut entré dans la plaine,
il mit fes troupes en bataille fur une hauteur. L'infanterie 1 rangée fur deux lignes occupait le centre,
& la cavalerie 2 auffi fur deux lignes les aîles. Les
dragons & la cavalerie légère 3 furent placés en
échellons à droite & à gauche, & un peu en avant
des flancs de la première ligne. Entre les intervalles
des efcadrons de la première ligne, on mit des
pelottons de 50 moufquetaires 4. La réferve 5
compofée d'infanterie & de cavalerie, mélées
enfemble foutenait le centre. L'artillerie 6 fut

(*r*) Depuis prince de Condé; fes exploits lui méritèrent dans la
fuite le furnom de *Grand*. L'armée Françaife montait à 15000
hommes d'infanterie, & à 7000 de cavalerie.

Z

répandue fur le front de la gauche de l'infanterie.
Le duc d'Enguien ayant fous lui Gaffion (s),
commandait la droite, & le maréchal de l'Hôpital
fecondé par la Ferté-Sénectère la gauche. Toute
l'infanterie était aux ordres de d'Efpenan. Sirot fut
chargé de la réferve.

Mélos qui commandait l'armée ennemie difpofa
fes troupes fur une éminence parallèle à celle
qu'occupait l'armée Françaife. Il mit en première
ligne l'infanterie Efpagnole 7, Italienne 8, &
celle de Bourgogne 9, & en feconde l'infanterie
Allemande 10 & Valonne 11. La cavalerie 12 fut
placée aux aîles. La réferve 13 confiftant en deux
efcadrons était derrière le centre de l'infanterie.
La droite des Français & la gauche des Efpagnols
touchaient à des bois, & la droite des derniers & la
gauche des autres allaient aboutir près d'un marais.
L'armée du duc d'Enguien avait à dos le défilé dont
on a parlé précédemment. Mélos commandait la
droite, le duc d'Alburkerke la gauche, & le comte
de Fuentes le centre. L'artillerie 14 fut placée fur
le front de la première ligne. Un vallon féparait

(s) Depuis maréchal de France.

Pl. 29.

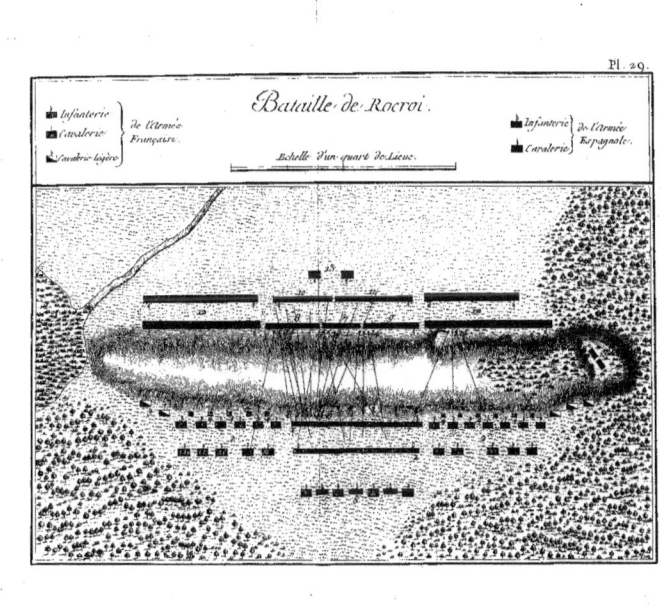

Bataille de Rocroi.

les deux armées, & un bois taillis 16 affés clair
s'étendait jufque dans le vallon, & devant l'extrémité
de la gauche des Efpagnols. Mélos y embufqua
derrière un petit rideau 1000 moufquetaires 15
pour couvrir fon flanc & tomber fur celui de l'aîle
droite de l'armée Françaife fi elle defcendait dans
le vallon.

Quoiqu'il ne reftât que deux heures de jour,
lorfque toutes les difpofitions furent achevées, le
duc d'Enguien voulait attaquer ; mais une démarche
inconfidérée de la Ferté-Sénectère faillit donner la
victoire aux Efpagnols. Tandis que le maréchal de
l'Hôpital conférait avec le Prince fur les points
d'attaque qu'il fallait tenter, cet officier forma de
fon chef le projet de fecourir Rocroi, & marcha
en conféquence à la tête de toute la cavalerie de
l'aîle gauche & de cinq bataillons pour l'exécuter.
Toute la gauche de l'armée Françaife fut dégarnie
par ce mouvement. Mélos ne profita pas de cette
faute, & le duc d'Enguien inftruit de ce qui fe paffait
fe tranfporta à la gauche, fit retourner la Ferté fur
fes pas, & parvint à réparer le mal. Le temps qu'on
employa à rétablir l'ordre confuma le refte du
jour. La bataille fut donc remife au lendemain 19

Mai 1643 (*t*). Les deux armées pafsèrent la nuit au bivac.

Le combat s'engagea à trois heures du matin. Le Prince tombe auffitôt fur les 1000 moufquetaires 1 embufqués dans le bois tailli & les détruit totalement. Il ordonne enfuite à Gaffion de faire un détour dans le bois avec la première ligne de la cavalerie 2 pour charger en flanc les Efpagnols , tandis qu'il les attaquera de front avec la feconde ligne 3 (*u*). Le général Français craignant que les

---

(*t*) Quelques inftants après qu'on eut pris cette réfolution , un cavalier qui déferta de chés l'ennemi, avertit le duc d'Enguien que Mélos avait envoyé ordre au général Beck qui commandait un corps de 4000 hommes d'infanterie & de 2000 de cavalerie à une journée de Rocroi, de venir le joindre en diligence , & que ces troupes arriveraient le lendemain fur les fept heures du matin. Cet avis fit réfoudre le Prince à attaquer l'ennemi de bonne heure , & à tâcher de le vaincre avant la venue du renfort.

(*u*) Il aurait mieux valu marcher de front aux Efpagnols avec la première ligne de cavalerie, & faire tourner le bois à la feconde pour les prendre en flanc. Reboulet (auteur d'une hiftoire de Louis XIV imprimée en 3 volumes *in*-4°) dit formellement (page 23 du tome I) que: *Le duc d'Enguien .... ordonna à Gaffion de faire le tour du bois avec la cavalerie de la feconde ligne , & de prendre en flanc la cavalerie Efpagnole , tandis qu'il l'attaquerait lui même de front ....* Le marquis de Quinci dit tout le contraire (page 3 de l'hiftoire militaire de Louis le grand,) & s'accorde avec M. Deformeaux qui

efcadrons ne fe rompiffent en traverfant le bois,
les fit ferrer fur la gauche & s'avança enfuite vers
l'ennemi. Le duc d'Albukerke qui croyait fon flanc
bien affûré par les 1000 moufquetaires, ne fe
déconcerta cependant pas lorfqu'il fe vit fur le
point d'être chargé de front & en flanc. Il détacha
auffitôt huit efcadrons 4 pour s'oppofer à Gaffion,
& attendit le duc d'Enguien avec le refte de fa
cavalerie 5. Le prince l'ayant renverfée (v), tomba
fur le flanc de l'infanterie ennemie dont il fit une
grande deftruction.

Le maréchal de l'Hôpital mena l'aîle gauche 7
fi rapidement à la charge, qu'elle fe trouva hors
d'haleine en arrivant à l'ennemi 6 qui la repouffa &
s'empara du canon. L'infanterie s'était ébranlée pour
attaquer celle des Efpagnols tandis que les deux
aîles entraient en action; mais d'Efpenan ayant vû

---

rapporte page 97 du tome I de l'hiftoire du grand Condé que : *Ce
prince ordonna à Gaffion de marcher à la tête de la première* (ligne),
pour prendre la cavalerie ennemie en flanc .... J'ai crû devoir fuivre
l'autorité de M. Deformeaux qui annonce (page 15 de fon difcours
préliminaire), qu'il a compofé l'hiftoire du grand Condé d'après les
manufcrits de l'hôtel de Condé & de la bibliothéque du roi.

(v) Gaffion après avoir battu la cavalerie que le duc d'Albukerke
lui avait oppofé, fe mit à la pourfuite des fuyards.

la gauche en défordre craignit d'être pris en flanc, fufpendit l'attaque, & fe contenta d'efcarmoucher. Le maréchal de l'Hôpital ayant remené fa cavalerie au combat, repouffa l'ennemi & reprit le canon ; mais il fut bleffé dans cette charge, & l'aîle gauche déconcertée par cet accident. Mélos ayant profité du moment gagna du terrein fur elle, & tomba avec fa cavalerie 8 fur la gauche de l'infanterie Françaife, & fe rendit maître une feconde fois de l'artillerie 9.

PLANCHE Le baron de Sirot rallia la cavalerie 1, la fit
31. foutenir par fa réferve 2, & parvint à arrêter les Efpagnols en attendant que le duc d'Enguien, occupé alors à pourfuivre l'infanterie qu'il avait battue pût venir au fecours de fa gauche. Le prince fait auffitôt paffer rapidement fa cavalerie 3 par derrière le refte de l'armée ennemie, charge en queue la cavalerie Efpagnole 4, la taille en pièces, raffûre fon infanterie, reprend le canon & s'empare en outre de celui de Mélos. Le refte de la cavalerie de ce général tomba en fuyant entre les mains de Gaffion qui acheva de la détruire. Après ce fuccès rapide le duc d'Enguien prit en flanc l'infanterie Allemande 5 & Italienne 6 & les mit en fuite.

Pl. 30.

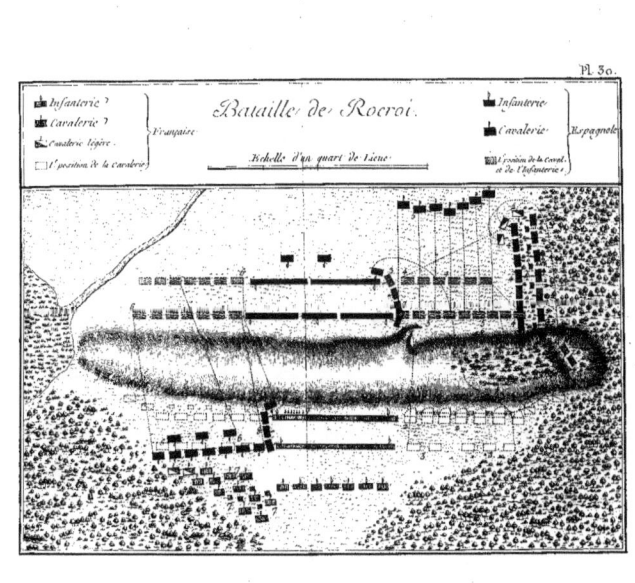

Bataille de Rocroi.

Pl. 51.

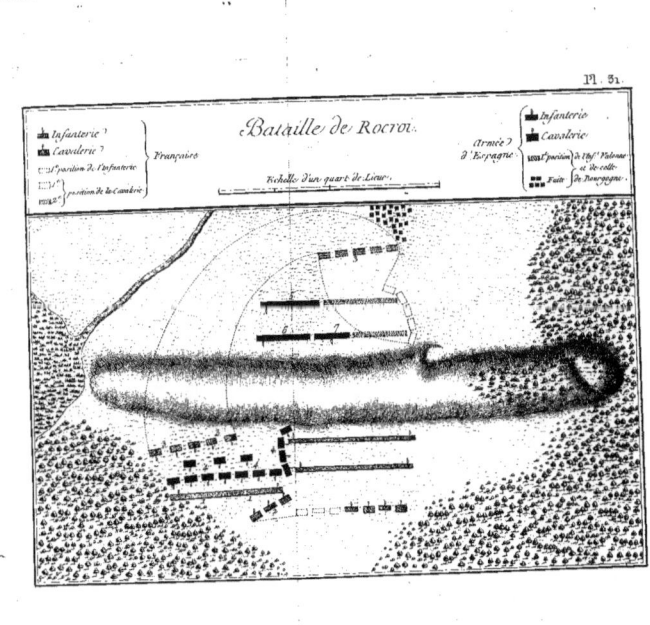

Bataille de Rocroi.

Les deux aîles des Espagnols battues, l'infanterie 7 forma un bataillon quarré, qui s'ouvrait de temps en temps pour laisser tirer dix huit pièces de canon chargées à cartouches.

Le général Beck approchait & ses troupes pouvaient à chaque instant enlever la victoire aux Français. Le Prince ordonna à Gassion de prendre une partie de la cavalerie, & d'aller retarder la marche de l'ennemi s'il était possible. Pendant ce temps là il rassembla ses troupes, pour faire un effort général contre l'infanterie Espagnole, qu'il fallait absolument battre, pour rendre la victoire complette.

Le duc d'Enguien convaincu que l'approche de Beck rendait le temps fort précieux, fit plusieurs charges consécutives que la vigoureuse résistance des Espagnols rendit sans effet. L'infanterie de l'aîle droite conjointement avec la cavalerie prirent l'ennemi en flanc & à dos, & le corps de réserve étant arrivé, il acheva d'envelopper cette infanterie qui ne pût résister davantage, & fut presque toute taillée en pièces. Le Prince rallia aussitôt ses troupes & se disposait à soutenir un nouveau combat contre Beck, lorsqu'il apprit que ce général se retirait.

La victoire coûta aux Français environ 2000 hommes tués ou bleſſés. Les Eſpagnols eurent 9000 hommes tués ; & on leur fit en outre 7000 priſonniers.

Remarques. Mélos commit pluſieurs fautes énormes, qui causèrent la ruine de ſon armée, & dont il eſt impoſſible de le juſtifier.

1. Il ne défendit pas l'entrée du défilé où il pouvait écraſer l'armée Françaiſe (*x*) : il n'eût pas même fallu toutes ſes forces pour y réuſſir , partie devait continuer le ſiége, tandis que le reſte aurait gardé le défilé.

2. Il était ſi mal informé du nombre des Français , qu'il croyait n'avoir à combattre que 12000 hommes, & il n'apprit que le duc d'Enguien conduiſait 22000 combattants qu'au moment où les armées furent en préſence.

3. Il ne profita pas de l'imprudente démarche de la Ferté pour tomber ſur la gauche de l'armée

---

(*x*) On me répondra peut être que ſi Mélos eût défendu le défilé, il fallait néceſſairement qu'il dégarnit ſes quartiers , & que le duc d'Enguien tenait un détachement tout prêt à ſecourir la place. J'en conviens ; mais ce malheur aurait été bien léger en comparaiſon de celui qu'il eſſuya par la perte de la bataille , qui fut la ſuite immédiate de ſon inaction.

Françaiſe,

Française, qui eût probablement été battue malgré la capacité de son général & la valeur des troupes.

4. Il ordonna trop tard au général Beck de le venir joindre. Il ne devait pas ignorer qu'on marchait à lui; pourquoi donc attendre qu'il eût les Français sur les bras pour se faire renforcer? D'ailleurs s'il n'avait pas voulu interrompre le siége de Rocroi pour défendre le défilé, les troupes de Beck étaient plus que suffisantes pour cela.

5. Enfin la réserve était trop faible & insuffisante pour servir à l'usage auquel une réserve est destinée.

Les manœuvres du duc d'Enguien sont des chef-d'œuvres de Tactique, & quand même il n'aurait rien fait de mémorable dans la suite, elles suffisaient pour l'immortaliser.

§ II.

Des attaques par le centre.

ON trouvera dans l'appendice suivant des exemples d'attaques par le centre.

A P P E N D I C E

pour les deux chapitres précédents.

Des armées obligées de combattre une rivière à dos.

Une armée obligée de combattre une rivière à
dos, eſt dans une ſituation fort critique, ſur tout
lorſqu'elle n'a point de pont pour ſe retirer (*y*) :
alors ſon ſeul eſpoir gît dans le gain de la bataille ;
c'eſt un de ces cas où il faut vaincre ou périr. Les
diſpoſitions dans une telle circonſtance méritent la
dernière attention ; car la moindre faute peut avoir
les ſuites les plus funeſtes. Il ne faut ranger dans
l'ordre parallèle une armée qui doit combattre
une rivière à dos, que quand il eſt poſſible de
l'éloigner des bords (*ꝅ*), de manière qu'elle ait

(*y*) Une armée qui n'a qu'un pont pour ſe retirer après une défaite
eſt perdue, ſurtout ſi l'ennemi la ſuit de près ; car le pont ne ſauve
que peu de monde, & il peut arriver que le grand nombre des
fuyards, joint au poid de l'artillerie le faſſe rompre.

(*ꝅ*) On s'écarte de cette maxime lorſqu'il ſe trouve ſur le front
& les flancs de l'armée des villages ou d'autres poſtes, d'où on puiſſe
défendre pluſieurs parties de la diſpoſition ; mais ces avantages ſe
rencontrent rarement.

affés d'efpace pour manœuvrer librement (&).
L'obfervation de cette maxime eft d'autant plus
importante que fi les troupes étaient pouflées ou
qu'elles perdiffent du terrein, elles feraient expofées
à être maffacrées ou à fe jetter dans l'eau faute de
place pour fe remuer (a). Il réfulte de ce qu'on
vient de dire, qu'on doit préférer pour une armée
dans le cas de combattre une rivière à dos, les
difpofitions obliques aux parallèles.

Il faut lorfqu'on combat une rivière à dos faire la
difpofition de manière que l'ennemi ne puiffe joindre
que le centre de l'armée, & lui refufer obftinément
les aîles ; parce que s'il en battait une, il prendrait
en flanc le refte des troupes.

Exemple de difpofition Parallèle
pour une armée obligée de combattre une rivière à dos.

Je fupofe qu'un bois 1 *fe trouve à la droite du*
champ de bataille, un village 2 *au centre, & un*

PLANCHE
32.

(&) Cela eft impoffible, à moins que la rivière ne faffe un coude
ou que des obftacles quelconques empêchent l'ennemi de fe glifler
entre la rivière & les derrières des aîles.

(a) On doit avoir également attention de ne pas éloigner l'armée
de la rivière, au point de lui faire perdre l'avantage d'y appuyer
fes flancs.

marais 3 *à la gauche. On difpofera fur ce terrein l'armée dans l'ordre fuivant :*

Il faudra garnir le bois 1 d'infanterie 4, dont on couvrira le front par un abatis 5. Un autre abatis 6 empêchera l'ennemi de tourner le flanc droit. Le village 2 défendu par de l'infanterie 7 affûrera le centre. Une redoute 8 foutenue par un corps d'infanterie 9 fervira d'appui à l'aîle gauche. On poftera à droite & à gauche du village la cavalerie 10 & l'infanterie 11. La réferve 12 eft pour le village feulement, & celle 13 pour toute l'armée. L'artillerie 14 fera répartie dans le bois 1, le village 2, la redoute 8, & fur le front de l'infanterie 11.

Exemples de difpofitions Obliques de principe
pour une armée obligée de combattre une rivière à dos.

1. Le chevalier de Folard propofe (*b*) la difpofition fuivante pour une armée qui doit combattre une rivière à dos (*c*). Il forme d'abord fon armée 1 parallèlement à l'ennemi 2. Le centre 3 avec lequel

Planche
33.

(*b*) Page 214 du tome III des Commentaires fur l'hiftoire de Polybe.

(*c*) Il eft à remarquer qu'il fupofe que la rivière fait un coude, dans l'endroit où il range fon armée en bataille, & qu'elle a un pont 15 derrière le centre.

Pl. 32.

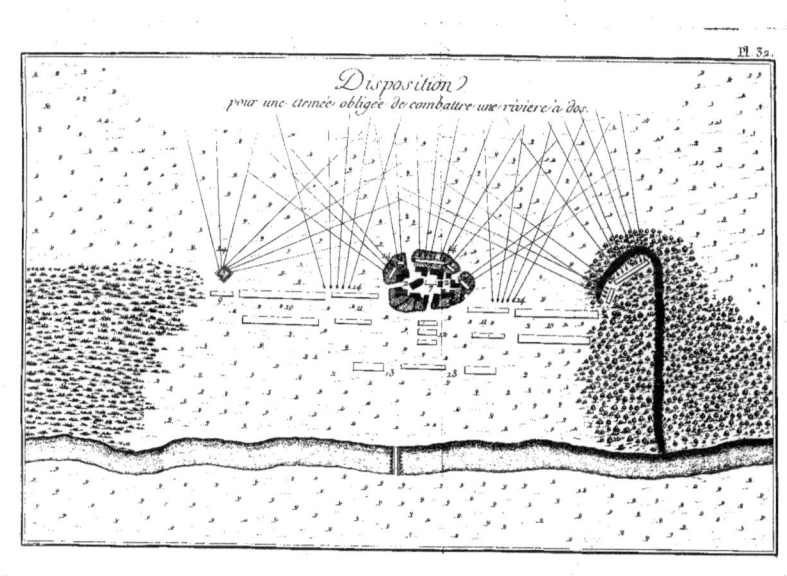

Disposition
pour une armée obligée de combattre une riviere à dos.

il veut l'entamer, est composé d'infanterie rangée en colonnes 4, (selon son système) avec des compagnies de grenadiers 5 pour leur servir de réserve, & il le fait soutenir par une ligne de cavalerie 6, renforcée par des pelottons d'infanterie 7. Les deux aîles de cavalerie 8, 9 sont elles mêmes entremélées de colonnes 10. Lorsque le moment d'attaquer sera venu, il veut que les deux aîles, par un mouvement de conversion en arrière 11, viennent appuyer leur flanc à la rivière. Il place en delà la plus grande partie de l'artillerie 12 avec un corps d'infanterie 13 dont le feu puisse prendre à revers l'ennemi, s'il venait attaquer les deux aîles de l'armée.

Le but de cette disposition est 1° d'enfoncer le centre de l'ennemi, 2° de tomber sur ses aîles en ordonnant aux troupes appuyées à la rivière de réoccuper leur premier poste, & 3° de se ménager le plus de terrein possible 14 pour exécuter librement les manœuvres que les circonstances peuvent exiger. Examinons si le chevalier de Folard a réussi dans le choix des moyens qui pouvaient le conduire à son but.

1°. Il veut faire croire à l'ennemi qu'il a dessein de combattre dans l'ordre parallèle, & cependant

il renforce fon centre en y entaffant colonnes fur
colonnes. Il faudrait que le général de l'armée oppofée fût aveugle , pour ne pas s'appercevoir qu'on
menace fon centre, & bien imprudent s'il ne prenait
auffitôt des mefures capables de rompre celles du
chevalier. A l'égard des colonnes c'eft la difpofition
qui convient le moins alors. C'eft de toutes les
ordonnances la plus fujette au défordre, & la plus
dangereufe , vis à vis d'un général qui pofsède fon
métier (d). Si avant d'engager l'action il foudroye
les colonnes avec une nombreufe artillerie, & qu'il
les charge enfuite avec des troupes bien réfolues (e),
il eft fûr qu'il en aura raifon. Le centre battu , que
deviendront les aîles 8, 9 difpofées obliquement
comme Folard le propofe? Les troupes victorieufes

(d) Il ferait bon d'employer un ordre de bataille en colonnes, ou
du moins capable de rompre la difpofition de l'ennemi , s'il venait
attaquer avec des troupes dont l'ordonnance ferait trop mince; mais
là difpofition de Folard étant défenfive , & la prudence ne lui per-
mettant pas de quitter la protection de la rivière, il eft probable que
l'ennemi n'engagera pas le combat, fans avoir pris les mefures qu'il
croira capables de lui donner la victoire. Lorfqu'on médite une
opération de guerre, on doit fupofer des lumières à fon adverfaire.

(e) Les colonnes de Wallenftein à la bataille de Lutzen, & celle
des Anglais à Fontenoi furent anéanties de cette manière.

les attaqueront en flanc & par derrière, & les batteront.

2°. Il veut qu'avant le combat les deux aîles 8, 9 aillent s'appuyer à la rivière par un mouvement de converfion 11 (*f*), & qu'elles retombent fur celles de l'ennemi (par la même manœuvre) lorfqu'on aura battu fon centre. Pour peu qu'on ait vû ma-nœuvrer des troupes, on doit fentir combien un mouvement de converfion d'une aîle entière eft chimérique (*g*). Il prétend que fes aîles deviennent inattaquables par l'infanterie 13 & l'artillerie 12 qu'il place en delà de la rivière. Mais fi l'ennemi oppofe batteries à batteries, & qu'il détache de l'infanterie pour tenir tête à celle du chevalier, elle fera affés occupée à fe défendre elle même, & pendant ce temps là l'ennemi tombera fur les aîles qui paraiffaient fi bien affûrées.

3°. La difpofition du chevalier de Folard n'eft pas la plus propre à ménager le plus de terrein

---

(*f*) L'ennemi peut interrompre à chaque inftant avec la plus grande facilité les mouvements rétrogrades que Folard propofe ici.

(*g*) L'aîle d'une armée eft trop étendue pour exécuter une pareille manœuvre. Dans le temps où Folard écrivait, les mouvements de converfion étaient à la mode; ils font tombés aujourd'hui en difcrédit.

poſſible 14, dont on a toujours beſoin pour exécuter les mouvements quelconques auxquels on eſt ordinairement obligé durant une bataille ; c'eſt ce que je vais prouver par le diſpoſitif ſuivant.

2. Si une armée devait combattre ſur le terrein que ſupoſe Folard, voici je crois une diſpoſition plus avantageuſe que la ſienne.

PLANCHE
34.
Je rangerais aſſés près de la rivière l'armée ſur deux lignes 1, 2, l'infanterie 3 au centre, & la cavalerie 4 ſur les aîles. Une réſerve de cavalerie 5 ſoutiendrait chaque aîle, & une réſerve d'infanterie 6 & de cavalerie 7 le centre. Ce diſpoſitif préliminaire n'annonce rien que de conforme à ce qui ſe pratique ordinairement. Dès que l'ennemi ſera à portée , l'artillerie qui eſt répandue en avant de la première ligne, celle placée au delà de la rivière, & des troupes éparpillées ſur le front, feront un feu continuel, afin de cacher par la fumée les mouvements néceſſaires pour changer la diſpoſition, & empêcher l'ennemi d'approcher pour la reconnaître. J'oſe même avancer que la faute apparente d'avoir rangé l'armée trop près de la rivière ſera d'un augure favorable à l'ennemi, (& pourrait bien par la confiance qu'elle lui inſpirera) lui faire négliger quelques précautions effentielles.

Pl. 33.

Disposition du Chevalier de Folard
pour une armée obligée de combattre une rivière à dos.

effentielles. Lorfqu'il avancera pour attaquer, ce fera le moment favorable pour changer la difpofition.

Les extrémités des aîles 1 ne bougeront & refteront appuyées à la rivière. Le centre 8 (*h*) marchera brufquement en avant, de même que les autres parties de la ligne 9, 10, 11, 12, 13, 14, 15, 16 qui s'arrêteront aux points qui leur auront été indiqués (*i*). Des bataillons de la feconde ligne 17 couvriront auffitôt les flancs du corps du centre. La réferve 6, 7 fe formera en troifième ligne, & les réferves 5 des deux aîles viendront foutenir le tout (*k*).

Si on enfonce le centre de l'ennemi on détachera de la cavalerie pour fuivre les fuyards, & les empêcher de fe rallier; enfuite la plus grande partie de l'infanterie & la cavalerie du centre, tournera brufquement fur le flanc & les derrières de l'ennemi, tandis que les deux aîles fe formeront en oblique,

---

(*h*) Pour donner plus de folidité au centre, on peut former les troupes qui le compofent fur fix rangs.

(*i*) Ayant expliqué ailleurs l'avantage des difpofitions en échellons, je me difpenfe de les répéter ici.

(*k*) Il faut que les différentes lignes du corps du centre gardent entr'elles affés de terrein pour manœuvrer librement.

B b

par un mouvement 18 (*l*) pour attaquer celles de
l'ennemi. Il eft évident que la difpofition & les
manœuvres que je fubftitue à celles du chevalier
de Folard , laiffent aux troupes un terrein plus
fpacieux 19 pour manœuvrer, & qu'elles cachent
mieux les deffeins qu'on peut avoir; je les trouve en
outre plus fimples & plus faciles dans l'exécution.

PLANCHE
35.

3. Si une armée était obligée de combattre ayant
à dos une rivière 1 qui ne formât pas un coude ,
les difpofitions font très délicates & méritent la
plus fcrupuleufe attention ; car on n'a alors aucune
protection du terrein. Ce qu'on peut faire de mieux
dans une fituation auffi critique , c'eft d'élever dia-
gonalement à la rivière des retranchements 2 ou des
redoutes 3 qu'on garnit de troupes , & on appuye
les deux aîles 4 , 5 de l'armée à l'extrémité de ces
retranchements ou de ces redoutes. Le refte du
difpofitif doit être femblable à celui qu'on a indiqué
dans l'exemple précédent , c'eft à dire qu'il faut
attaquer avec un centre renforcé celui de l'ennemi,
& fe conduire durant le refte de l'action comme
on l'a expliqué plus haut.

(*l*) Le flanc des aîles doit toujours refter appuyé à la rivière.

Pl. 34.

Manœuvres et disposition de l'Auteur

sur le terrein supposé par le Chevalier de Folard.

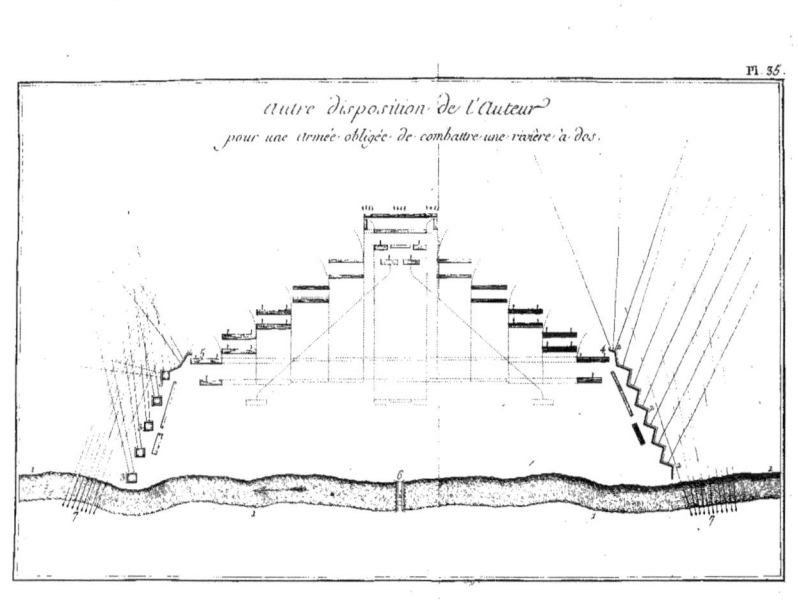

Pl. 35.

autre disposition de l'Auteur

pour une armée obligée de combattre une rivière à dos.

Si on fupofe dans ce troifième exemple comme dans le fecond que l'armée ait un pont 6 fur la rivière, on établira au delà une batterie de canon 7 à hauteur des flancs de chaque aîle pour tirer durant l'action fur celles de l'ennemi.

Exemples de difpofitions Obliques de circonftance pour une armée obligée de combattre une rivière à dos.

1. *Si une armée doit recevoir la bataille fur un terrein, refferré à droite par un village 1, à gauche par une hauteur 2 & fur les derrières par une rivière 3, on la difpofera comme il fuit :*

Le village 1, la hauteur 2, & l'efpace compris entre deux feront garnis d'infanterie 4 & de canon. On formera en potence (derrière le village & la hauteur) la cavalerie 5 dont les flancs appuîront à la rivière. Deux redoutes 6, 7 couvriront le flanc de chaque aîle de cavalerie, & en défendront le front par leur feu. Une réferve d'infanterie 8 & de cavalerie 9 foutiendra le centre.

2. *Si l'on eft obligé de combattre fur un terrein refferré à droite & à gauche par des ruiffeaux 1, 2, & fur les derrières par une rivière 3, on fera la difpofition fuivante :*

PLANCHE
36.
Figure 1.

PLANCHE
36.
Figure 2.

Bb 2

On conftruira deux redoutes 4, 5 pour y appuyer les flancs de l'infanterie 6. La cavalerie 7 rangée fur deux lignes bordera les ruiffeaux. Un corps d'infanterie 8 fera difpofé en potence près de la redoute 5. Une réferve de cavalerie 9 & d'infanterie 10 foutiendra le centre de l'armée. L'artillerie 11 répandue dans les redoutes & fur le front des troupes défendra les différentes parties de la difpofition.

REMARQUE GÉNÉRALE.

Tout ce qu'on a dit fur les difpofitions pour les armées obligées de combattre une rivière à dos, peut s'appliquer aux attaques par le centre en général (*m*).

(*m*) Si on eft dans le cas de combattre par le centre, quoi qu'on n'ait pas une rivière derrière foi, les appuis des aîles une fois trouvés, la difpofition peut fe règler comme pour une armée obligée de combattre une rivière à dos.

Pl. 36.

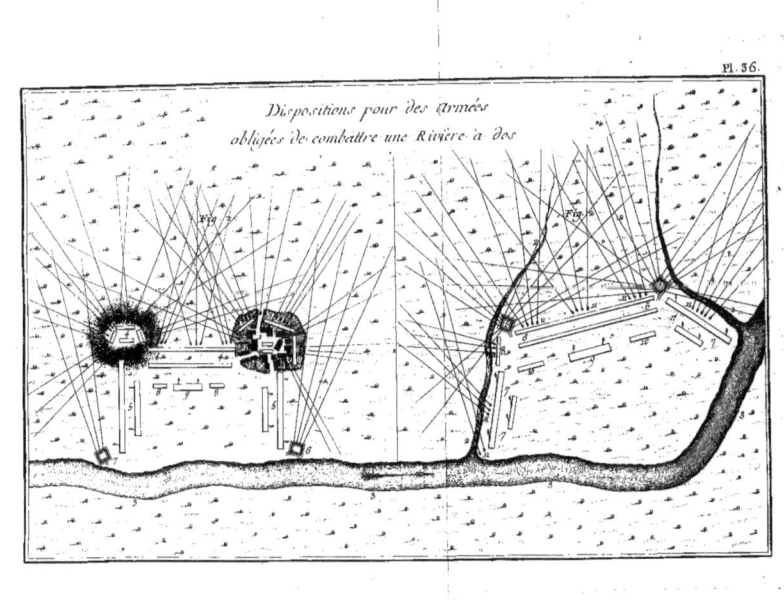

Dispositions pour des armées
obligées de combattre une Rivière à dos

CHAPITRE SIXIÈME.

Des actions dans les pays de montagnes (n).

Les actions dans les pays de montagnes font fort meurtrières & rarement générales ; elles ne confiftent guère que dans de petits combats fur lefquels on ne peut donner aucun précepte particulier ; tout y dépendant du terrein & des circonftances.

L'ennemi peut, quand il le juge à propos, choifir un terrein refferré, & rendre par là votre fupériorité inutile ; car il eft impoffible de lui oppofer un front plus étendu que celui qu'il vous préfente (o). On doit obferver conftamment :

(n) Toutes les opérations de guerre dans les pays de montagnes font en général fort difficiles. La moindre démarche inconfidérée vis à vis d'un ennemi actif, intelligent & qui connaît bien tous les débouchés, vous jette dans des embaras fans nombre, & peut vous faire effuyer les plus grandes pertes.

(o) C'eft pour cela que la guerre de montagnes eft la plus avantageufe pour une petite armée ; car la facilité d'appuyer toujours fes flancs établit pour ainfi dire l'égalité entr'elle & une autre armée infiniment fupérieure.

1. De n'attaquer l'ennemi de front que quand il n'y a point d'autre parti à prendre.

2. De faire toujours enforte de le tourner; mais furtout quand on eft obligé de le combattre dans une fituation de difficile accès (*p*).

3. D'éviter foigneufement les attaques de bas en haut qui font très defavantageufes.

4. Enfin, que pour avoir la fupériorité fur l'ennemi, il faut toujours occuper les hauteurs qui le dominent ou qui le voient de revers ou en flanc.

(*p*) Il y a très peu de montagnes, quelqu'efcarpées qu'elles foient, qui n'aient des revers par où l'on puiffe faire paffer de l'infanterie.

ESSAI
THÉORIQUE ET PRATIQUE
SUR LES BATAILLES.

TROISIÈME PARTIE.
De l'Action.

LE GÉNÉRAL doit fe placer pendant l'action, dans
un lieu d'où il puiffe voir commodément & avec
fûreté pour fa perfonne (*a*) l'effet des premières

(*a*) Il ne doit jamais s'expofer imprudemment ; car s'il a le
malheur d'être tué ou fait prifonnier, ceux qui fe trouvent alors
chargés du commandement ignorent très fouvent fes projets, ce qui
les jette dans de grands embaras & les expofe à commettre beaucoup

charges, afin d'envoyer ſes ordres pour faire avancer les troupes victorieuſes ou faire ſoutenir celles qui ont plié.

Le général ne pouvant être partout pour y donner ſes ordres (*b*), il ferait à deſirer que tous les officiers généraux euſſent aſſés de capacité pour prendre d'eux mêmes une réſolution habile , & profiter d'une occaſion favorable ; car ſouvent la perte ou la gain d'une bataille dépendent d'une circonſtançe qu'on a négligé ou dont on a profité. C'eſt pour cette raiſon que les officiers généraux les plus expérimentés , doivent être chargés des poſtes les plus importans, & il eſt en outre néceſſaire de leur donner des inſtructions ſur la manière dont ils doivent ſe conduire dans les diverſes circonſtances qui peuvent ſe rencontrer.

Voici les principales maximes qu'on doit obſerver durant l'action.

---

de fautes. Il eſt cependant quelquefois indiſpenſable qu'un général aille ranimer les troupes par ſa préſence : il y réuſſira facilement s'il s'eſt acquis la confiance du ſoldat.

(*b*) Lorſqu'un général a médité une manœuvre importante à une aîle ou ailleurs, il fera bien de la diriger lui même, & de ne s'en rapporter à perſonne du ſoin de l'exécution.

1. Ne point la commencer, autant qu'il eſt poſſible, avant que l'armée ſoit totalement en bataille,
à moins qu'on ne veuille attaquer un poſte dont il
eſt néceſſaire de s'emparer dans l'inſtant, ou profiter
d'un avantage que l'occaſion vous préſente ; mais
lorſque les diſpoſitions ſont achevées, on doit alors
marcher vivement à l'ennemi (c). S'il vous réſiſte
& même qu'il vous repouſſe, renforcer à propos les
endroits qu'il attaque ; tâcher de mettre le déſordre
dans ſon armée (d), & comme ce ſont les dernières
troupes qui combattent qui décident la victoire,
obliger les premières à ſe battre avec le plus grand
courage (e).

(c) On doit empêcher une troupe qui marche à l'ennemi de tirer.
Outre que le feu de la mouſqueterie eſt peu redoutable, il met de
la confuſion dans les rangs durant la marche qu'il retarde. Lorſqu'une
troupe eſt arrivée à 40 ou 50 pas de l'ennemi, il faut redoubler de
vîteſſe & tomber ſur lui à coups de baïonnettes. Une bataille eſt alors
bientôt décidée ; c'eſt la meilleure façon d'attaquer : le feu ne devant
être employé que quand on ne peut joindre l'ennemi ou lorſqu'on
eſt bien poſté, & que le feu de l'artillerie lui cauſe beaucoup de perte.

(d) Il faut s'il eſt poſſible obliger l'ennemi à ſe ſerrer ſur le centre ;
ce qui ne peut manquer de produire un grand déſordre dans ſon armée.

(e) Si l'ennemi bat votre première ligne, & que la ſeconde
parvienne à le repouſſer, il aura toujours l'avantage, en ce qu'une

C c

2. Éviter d'attaquer les villages, redoutes ou autres poftes fortifiés, qu'on rencontre fur le front de l'armée ennemie. Il vaut beaucoup mieux effayer de battre les troupes intermédiaires, & fi on y parvient, continuer de les pouffer, fans s'inquiéter des poftes qu'on laiffe derrière foi, puifqu'ils tombent enfuite d'eux mêmes. On doit feulement les faire bloquer par un nombre fuffifant de troupes pour empêcher celles qui les défendent de fe retirer (*f*).

3. Avoir attention que les troupes ne prennent une fauffe pofition.

4. N'en point laiffer d'inutiles (*g*).

---

feule de fes lignes fera en défordre, & que les deux vôtres feront confondues; c'eft pour cette raifon qu'il eft tçès fage de placer entre les deux lignes différents corps de troupes pour faciliter le rallîment de la première.

(*f*) S'il eft abfolument néceffaire de fe rendre maître des poftes qui fe trouvent fur le front de l'ennemi, on l'occupe par des manœuvres qui le tiennent en fufpends & l'empêchent de donner du fecours aux poftes qu'on attaque.

(*g*) Il eft cependant quelquefois avantageux de refufer la cavalerie au commencement de l'action, & s'il fe peut de la tenir éloignée du feu pour l'employer enfuite avec fuccès, foit à rétablir le combat, ou à profiter de la victoire par une pourfuite vigoureufe.

5. Soutenir ou rallier celles qui plient (h), les remener à la charge, & leur faire furmonter les obftacles que l'ennemi leur oppofe.

6. Si la première ligne en entier ou feulement une partie s'avance pour charger, la feconde ligne doit la fuivre afin d'être à portée de la foutenir en cas de befoin.

7. Examiner avec attention les mouvements de l'ennemi, & en profiter fur le champ.

8. Gagner toujours du terrein fur lui.

9. Si dans le courant de l'action, il change fubitement fa difpofition, ou en dégarnit quelque partie pour faire un plus grand effort ailleurs, renforcer les endroits menacés.

10. Ne faire aucun changement à la difpofition à moins qu'il ne foit indifpenfable.

11. Si un chemin creux, un ravin, un bois, un marais impraticable, &c empêchent une partie quelconque de l'armée de joindre l'ennemi ; en détacher des troupes pour renforcer celles qui

---

(h) Un renfort de troupes fraîches rend la confiance à celles qu'il vient foutenir, & achève de décourager l'ennemi fur tout s'il eft déjà affaibli par un combat long & meurtrier.

combattent & n'en garder qu'un nombre propor-
tionné à celles qu'il y a posté & même point du
tout, quand il ne peut rien entreprendre de ce
côté.

12. Ne tirer jamais des troupes du corps de
bataille pour des emplois particuliers (*i*).

13. Si on remarque quelque vide dans la ligne
de l'ennemi, y faire entrer brusquement des troupes
& la prendre en flanc.

14. Si au contraire il se forme des trouées dans
votre première ligne, les faire boucher promptement
par des troupes tirées de la seconde ou des réserves.

15. Si on s'apperçoit que le centre de l'ennemi
flotte & va plier, faire avancer des troupes de la
seconde ligne pour augmenter le désordre (*k*).

16. Si on parvient à le déposter, le pousser assés
loin pour l'empêcher de se rallier (*l*), & tourner

(*i*) On s'éloigne cependant de cette maxime lorsque des obstacles
ou la disposition de l'ennemi empêchent vos troupes ou les siennes
d'agir offensivement.

(*k*) Il faut observer, si on tire des troupes des réserves des aîles,
d'y en laisser assés pour les soutenir si l'ennemi les attaquait
vigoureusement, voyant qu'il n'a plus d'autre parti à prendre.

(*l*) On peut y employer de la cavalerie ou des dragons postés à la
seconde ligne, ou bien un corps quelconque réservé à cet effet.

promptement à droite & à gauche fur le flanc des troupes qui réfiftent encore.

17. Si on eft obligé de prêter le flanc, difpofer des troupes de manière qu'elles en impofent à l'ennemi, ou qu'elles prennent en flanc toutes fes attaques.

18. Que chaque troupe qui attaque, ait une réferve pour s'oppofer à ce qu'on peut tenter fur fes flancs & fes derrières, & pour entreprendre elle même fur les flancs & les derrières de l'ennemi (*m*).

19. Faire faire aux réferves par des intervalles qu'on ouvrira fubitement, des charges imprévues (*n*).

20. Quand une partie de l'armée a l'avantage & que le refte eft battu, faire tous vos efforts pour que les troupes victorieufes culbutent promptement ce qui leur réfifte, avant d'en diminuer le nombre pour renforcer le refte, & employer en attendant la réferve pour arrêter l'ennemi. Si ne pouvant réfifter à vos attaques, il vous laiffe pénétrer quelque part, le charger de nouveau tandis qu'il eft partagé

(*m*) C'eft une manœuvre décifive quand elle eft poffible.

(*n*) Ce qui paraît inopinément infpire la terreur & doit réuffir.

entre la crainte & l'irréfolution. S'il plie ou prend
la fuite fe garder de rompre la difpofition, & de le
pourfuivre inconfidérément, parce qu'il a peut être
pour but d'attirer vos troupes dans quelqu'embuf-
cades où il les écraferait (*o*). On repouffe fouvent
l'ennemi qui a pénétré avec plus de facilité qu'on ne
retient le foldat quand on fuit devant lui (*p*). Il
arrive, furtout à une aîle de cavalerie, lorfqu'elle a
battu celle qui lui était oppofée, de fe mettre toute
entière à la pourfuite (*q*), ce qui rend cet avantage
de nul effet (*r*); car les deux partis étant chacun

(*o*) Si la feconde ligne de l'ennemi eft culbutée, il faut la pourfuivre
avec beaucoup d'ordre & de précaution, pour n'avoir rien à craindre
de la première qui a pû fe rallier, tandis que la feconde en était aux
mains.

(*p*) Ce tranfport défordonné des troupes a caufé la perte d'un
grand nombre de batailles. Il n'eft pas moins dangereux en pourfuivant
l'ennemi de rencontrer fes équipages. Il eft impoffible alors de contenir
le foldat qui fe débande pour piller; & pendant que les troupes font
ainfi éparfes, l'ennemi peut rallier les fiennes, faire une charge
heureufe & vous enlever la victoire.

(*q*) Pour prévenir cet inconvénient, il faut que les officiers
généraux & particuliers recommandent avant le combat aux troupes
de ne point s'emporter, & qu'ils modèrent leur ardeur, fi dans
l'occafion elles oubliaient cette défenfe.

(*r*) Quand une aîle ou une partie quelconque de votre armée a
mis en fuite ce qui lui était oppofé, il faut détacher un nombre

dépourvus d'une aîle, les chofes font auffi égales qu'avant l'action, & il peut arriver que l'armée dont l'aîle a été battue y remédie & remporte une victoire dont votre feule imprudence vous prive.

21. Si une troupe en attaque une autre, la déconcerter en la faifant charger par une troifième.

22. De ne permettre la pourfuite & le pillage que quand l'ennemi eft battu de tous côtés (s).

23. De tomber fur fes flancs & fes derrières quand les troupes qu'il vous avait oppofé ont été vaincues.

24. Que toutes les manœuvres s'exécutent avec la plus grande régularité.

25. Se fouvenir que le moyen de faire diligemment une chofe quelconque, eft d'y mettre beaucoup d'ordre.

---

fuffifant de troupes pour empêcher les fuyards de fe rallier, mener le refte au fecours de celles qui n'ont pas encore vaincu, ou tomber fur les flancs & fur les derrières de l'ennemi.

(s) On doit apporter la plus grande attention à ce que les troupes ne fe débandent point pour piller; car le principal avantage de la victoire ne confifte pas dans le butin qui eft peu de chofe par lui même; mais dans la défaite totale de l'ennemi. Lorfqu'on permet la pourfuite & le pillage, il faut toujours garder des troupes en ordre, afin d'être préparé à tout évènement.

26. Que la prudence, l'intelligence & une valeur éclairée dirigent tous les mouvements.

27. Enfin, s'imaginer n'avoir rien fait, tant qu'il reste à faire (*t*).

Si l'ennemi gagne sur vous les avantages du terrein ; si par une manœuvre savante & rapide, il parvient à attaquer les endroits faibles de votre disposition, bat vos troupes & vous ôte l'espoir & les moyens de vaincre, il faut se retirer.

(*t*) C'était la maxime de Céfar.

F I N.

APPROBATION.

J'ai lû, par ordre de Monseigneur le Garde des Sceaux , un Manuscrit intitulé : *Essai Théorique & Pratique sur les Batailles ,* & je n'y ai rien trouvé qui puisse empêcher d'en permettre l'impression. A Paris , ce 28 Janvier 1775.

D'HERMILLY.

PRIVILÉGE DU ROI.

LOUIS, PAR LA GRACE DE DIEU, ROI DE FRANCE ET DE NAVARRE; à nos amés & féaux Conseillers , les Gens tenans nos Cours de Parlement, Maîtres des Requêtes ordinaires de notre Hôtel, Grand Conseil, Prévôt de Paris, Baillifs , Sénéchaux, leurs Lieutenans Civils , & autres, nos Justiciers qu'il appartiendra. SALUT ; notre amée la Veuve DESAINT , Libraire , Nous a fait exposer qu'elle desireroit faire imprimer & donner au Public , un Livre intitulé : *Essai Théorique & Pratique sur les Batailles ;* s'il Nous plaisoit lui accorder nos Lettres de Privilége pour ce nécessaires. A CES CAUSES , voulant favorablement traiter l'Exposante , Nous lui avons permis & permettons par ces Présentes, de faire imprimer ledit Ouvrage autant de fois que bon lui semblera , & de le vendre, faire vendre & débiter par tout notre Royaume , pendant le tems de six années consécutives , à compter du jour de la date des Présentes. Faisons défenses à tous Imprimeurs, Libraires & autres personnes, de quelque qualité & condition qu'elles soient, d'en introduire d'impression étrangere dans aucun lieu de notre obéïssance : comme aussi d'imprimer , ou faire imprimer , vendre , faire vendre , débiter , ni contrefaire ledit Ouvrage , ni d'en faire aucuns extraits sous quelque prétexte que ce puisse être , sans la

D d

permiffion expreffe & par écrit de ladite Expofante, ou de ceux qui auront droit d'elle, à peine de confifcation des Exemplaires contrefaits, de trois mille livres d'amende contre chacun des contrevenans, dont un tiers à Nous, un tiers à l'Hôtel-Dieu de Paris, & l'autre tiers à ladite Expofante, ou à celui qui aura droit d'Elle, & de tous dépens, dommages & intérêts ; à la charge que ces Préfentes feront enregiftrées tout au long fur le Regiftre de la Communauté des Imprimeurs & Libraires de Paris, dans trois mois de la date d'icelles ; que l'impreffion dudit Ouvrage fera faite dans notre Royaume & non ailleurs, en beau papier & beaux caractères, conformément aux Réglemens de la Librairie, & notamment à celui du dix Avril mil fept cent vingt-cinq, à peine de déchéance du préfent Privilége; qu'avant de l'expofer en vente, le manufcrit qui aura fervi de copie à l'impreffion dudit Ouvrage, fera remis dans le même état où l'approbation y aura été donnée, ès mains de notre très-cher & féal Chevalier Garde des Sceaux de France, le fieur HUE DE MIROMENIL; qu'il en fera enfuite remis deux Exemplaires dans notre Bibliotheque publique, un dans celle de notre Château du Louvre, un dans celle de notre très-cher & féal Chevalier Chancelier de France le fieur DE MAUPEOU, & un dans celle dudit fieur HUE DE MIROMENIL; le tout à peine de nullité des Préfentes : du contenu defquelles vous mandons & enjoignons de faire jouir ladite Expofante, & fes ayans caufes, pleinement & paifiblement, fans fouffrir qu'il leur foit fait aucun trouble ou empêchement. Voulons que la copie des Préfentes, qui fera imprimée tout au long, au commencement ou à la fin dudit Ouvrage, foit tenue pour duement fignifiée, & qu'aux Copies collationnées par l'un de nos amés & féaux Confeillers-Secrétaires, foi foit ajoutée comme à l'original. Commandons au premier notre Huiffier ou Sergent fur ce requis, de faire pour l'exécution d'icelles, tous actes requis & néceffaires, fans demander autre permiffion, & nonobftant clameur de Haro,

Charte Normande , & Lettres à ce contraire. C A R tel eſt notre plaiſir. Donné à Paris le huitiéme jour du mois de Mars , l'an de grace mil ſept-cent ſoixante-quinze , & de notre Régne le premier. Par le Roi en ſon Conſeil.

LE BEGUE.

*Regiſtré ſur le Regiſtre **XIX** de la Chambre Royale & Syndicale des Libraires & Imprimeurs de Paris , n° 109. fol. 401. conformément au Réglement de 1723. A Paris , ce 8 Avril 1775.*

S A I L L A N T , Syndic.

F A U T E S A C O R R I G E R.

Page   91 *ligne* 7, ſont joints, *liſés* joindront.

Page   98 *ligne* 6, *après* témérité, *ajoutés* tenter de.

Page 100 *note* (o) *ligne* 7, 145000, *liſés* 114000.

Page 107 *note* (a) *ligne* 1, des Vétites, *liſés* des Vélites.

Page 113 *ligne* 13, *ſuprimés* ſeulement.

Page 124 *ligne* 11, *après* trois régiments, *ajoutés* 2.

Page 131 *note* (g) *lignes* 3 & 4, *effacés* les chiffres 5, 6.

Page 134 *note* (n) *ligne* 2, *ſuprimés* 4.

Page 140 *en marge,* figure 4, *liſés* figure 3, & figure 5, *liſés* figure 4.

Page 154 *ligne* 6, gauche 4, *liſés* gauche 5.

Les ſautes ſont corrigées.

A PARIS, DE L'IMPRIMERIE DE PH. D. PIERRES, Imprimeur du Grand Conſeil du Roi, rue S. Jacques. 1775.